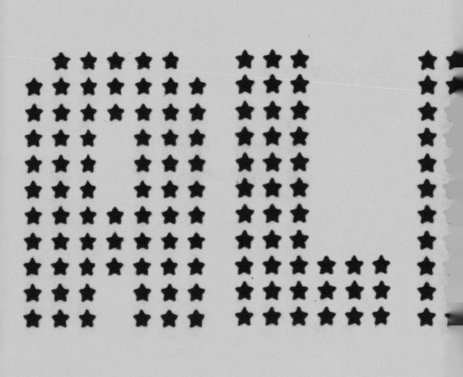

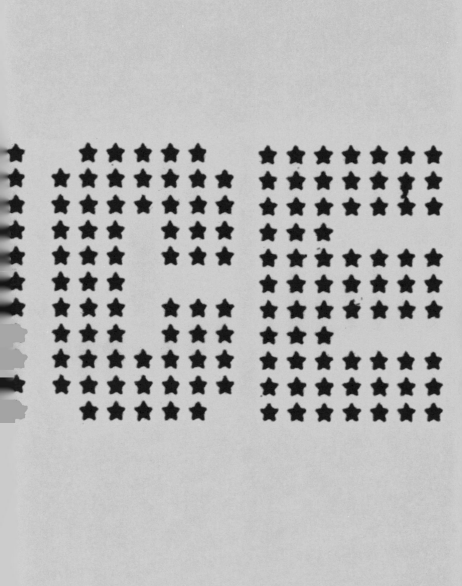

um livro de
Lewis Carroll

tradução de
Caetano W. Galindo

e artes de
Giovanna Cianelli

Coordenação editorial. . . . . .BÁRBARA PRINCE
Editorial . . . . ROBERTO JANNARELLI
VICTORIA REBELLO
ISABEL RODRIGUES
DAFNE BORGES
Comunicação . . . . MAYRA MEDEIROS
GABRIELA BENEVIDES
Preparação . . . . MÁRCIA COPOLA
Revisão . . . . LEONARDO ORTIZ
TÁSSIA CARVALHO
Diagramação e
produção gráfica . . . . DESENHO EDITORIAL
Projeto gráfico e capa . . . . . . GIOVANNA CIANELLI

Apresentação
VERONICA STIGGER

Textos de
CAETANO W. GALINDO
JACQUES FUX
ISABEL LOPES COELHO

Esqueceram o próprio nome
DANIEL LAMEIRA
LUCIANA FRACCHETTA
RAFAEL DRUMMOND
&
SERGIO DRUMMOND

Através do espelho
e o que Alice viu por lá

Antofágica

Apresentação
por
Veronica Stigger

O que há de mais apaixonante nesta aventura de Alice é que, uma vez atravessado o espelho, não há mais certezas sobre o que quer que seja. Nesse outro mundo, tudo se revela duvidoso, variável, inconstante. Todos os seres podem sofrer mudanças abruptas e inesperadas. Da lógica à física, todas as perspectivas que prometiam estabilidade entram em colapso. A Rainha Vermelha, por exemplo, aparece pela primeira vez com menos de oito centímetros de altura e, em seguida, muito mais alta que Alice. O trem pode, de repente, andar na vertical; e a barbicha da cabra desaparece tão logo é tocada. Nem mesmo sobre os nomes das coisas e das criaturas há qualquer segurança. Alice mal penetra num bosque e esquece como se chama. Afinal, ali, nada é nominado. É possível ainda passar de um lugar a outro sem nem mesmo perceber; assim como se pode correr, correr, correr e não sair de onde está. Talvez não seja casual que o livro comece chamando a atenção para uma certeza, a única em toda a narrativa: "Uma coisa era certeza, o gatinho branco não teve nada a ver com aquilo — era culpa só do gatinho preto". Todo o resto é colocado sob suspeita.

Esse mundo além do espelho — onde flores, insetos, bichos e outros seres animados e inanimados falam — não respeita a lógica; pelo menos não como a conhecemos. Cada personagem ou grupo com os quais Alice entra em contato vive conforme sua lógica própria. É como se cada um estabelecesse suas próprias regras de conduta a partir de um uso absolutamente livre da linguagem. E essas regras, como os outros elementos da história, também podem sofrer mudanças a qualquer momento: basta, para isso, dar um passo adiante – entrar no bosque, pegar o trem etc. – ou encontrar um novo interlocutor. Como as leis do mundo além do espelho são variáveis, fica mais difícil obedecê-las – e muitas vezes Alice sofre com isso. No entanto, é o Mosquito quem percebe a grande vantagem dessa instabilidade: a possibilidade de não obedecer, dizendo à menina quando esta se encontra na iminência de perder o nome ao penetrar o bosque: "só imagine como ia ser conveniente se você conseguisse voltar sem nome pra casa! Por exemplo, se a governanta quisesse te chamar pra estudar, ela ia gritar 'Venha já…' e tinha que parar por aí, porque não ia saber que nome dizer, e claro que você não ia precisar obedecer, sabe".

Por meio de Alice, em plena era vitoriana, Lewis Carroll ofereceu aos seus leitores a entrevisão de um mundo mais livre – de um mundo em que tudo é, de novo, possível.

Veronica Stigger

é escritora, crítica de arte, curadora independente e professora universitária. Entre seus doze livros de ficção publicados, estão *Opisanie świata* (2013), *Sul* (2016) e *Sombrio ermo turvo* (2019). Com *Opisanie świata*, seu primeiro romance, recebeu os prêmios Machado de Assis, São Paulo (autor estreante) e Açorianos (narrativa longa). Com *Sul*, angariou o Prêmio Jabuti. *Sombrio ermo turvo*, por sua vez, foi finalista dos prêmios Jabuti, Oceanos, AGEs e Minuano.

Através do espelho

e o que Alice viu por lá

O Peão Branco (Alice)
joga e vence em onze lances

1. Alice encontra D.V.	1. D.V. vai a 4 T.R.
2. Alice atravessa 3 D (de trem) e vai a 4 D (Tweedledum e Tweedledee)	2. D.B. vai a 4 B.R. (atrás do xale)
3. Alice encontra D.B. (com xale)	3. D.B. vai a 5 B.R. (vira ovelha)
4. Alice vai a 5 D (loja, rio loja)	4. D.B. vai a 8 B.R.
5. Alice vai a 6 D (Humpty Dumpty)	5. D.B. vai a 8 B.D. (deixa o ovo na prateleira)
6 Alice vai a 7 D (Floresta)	6. C.R. vai a 2 R (Ch.)
7. C.B. captura C.V.	7. C.B. vai a 5 B.R.
8. Alice vai a 8 D (Coroação)	8. D.V. vai a R (verificação)
9. Alice se torna Rainha	9. As Damas rocam
10. Alice roca (festim)	10. D.B. vai a 6 D.V. (sopa)
11. Alice captura D.V. e vence	

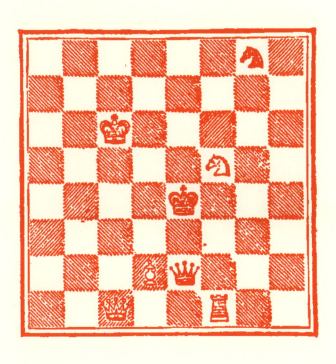

Prefácio à edição de 1897

Como o problema de xadrez da página anterior deixou alguns leitores intrigados, pode valer a pena registrar que ele está descrito de maneira precisa, no que se refere aos movimentos das peças. A alternância dos lances entre Vermelhas e Brancas talvez não seja assim tão correta, e o "roque" das três Damas é meramente uma forma de dizer que elas entraram no palácio: mas o "xeque" ao Rei Branco no sexto lance, a captura do Cavalo Vermelho no sétimo e o "mate" final ao Rei Vermelho estarão, como pode ver qualquer pessoa que se dê ao trabalho de dispor as peças no tabuleiro e jogar os lances conforme especificado aqui, totalmente de acordo com as leis que regem o jogo.*

---

* A notação, dita "descritiva", que Carroll emprega é hoje uma curiosidade pouco prática, até por alterar o nome de cada casa quando o lance é das brancas ou das pretas (o que, no entanto, cabe perfeitamente no tema do "espelho" deste livro). Como apenas uma das Damas pode alcançar aquela casa, um lance como o segundo deste problema, hoje, é registrado DH5, com as colunas do tabuleiro representadas por letras, e as fileiras, por números, sempre do "ponto de vista" das brancas. Mas, como via de regra também não se fala em peças "vermelhas" no xadrez (apesar de elas terem sido comuns no século XIX), e como a ordem dos lances aqui é totalmente caótica, tornando necessário especificar a cada vez qual lado está jogando, achei melhor manter a notação do autor. A grande exceção a essa regra é justamente que no xadrez brasileiro não se usa tanto a palavra "Rainha", e sim "Dama". Como, além de tudo, "Rainha" criaria um problema notacional, já que a letra R do "Rei" passaria a representar duas peças, usei aqui o D da nossa prática. [N. de T.]

Criança pura e luminosa,
De sonhos encantados!
Voa a vida, vertiginosa,
E estamos separados;
Dirás no entanto meritória
A dádiva que há nesta história.

Perdi teu rosto ensolarado,
Teu jeito bom de rir;
Não hei de ser rememorado
No teu jovem porvir;
Mas ouve e guarda na memória
A narrativa desta história.

História de um verão passado,
De dias que perdemos;
Relato breve, e sempre leve,
Ao ir e vir dos remos,
Que vive na recordação,
Por mais que os anos digam "não".

Escuta, antes que o mais temido,
Que amargo nos flagela,
Conduza ao leito imerecido
Uma infeliz donzela!
Querida, esse é o nosso brinquedo:
Tememos ir dormir mais cedo.

Lá fora a neve congelada:
Tormenta, vento, ânsia.
Cá dentro a chama iluminada,
E o ninho bom da infância.
O encanto vai te proteger:
O vento vil não vem bater.

E embora a sombra de um lamento
Percorra a narrativa,
Pelo "verão" no esquecimento,
E a glória um dia viva,
A sombra não verá vitória
No humor da nossa história.

Capítulo I

A Casa do Espelho

Uma coisa era certeza, a gatinha branca não teve nada a ver com aquilo — era culpa só da gatinha preta. Porque a gata estava ali lavando a carinha da branca fazia quinze minutos (e ela ia aguentando aquilo direitinho); então você entende que ela não tinha como ter responsabilidade por aquela bagunça.

O jeito de Dinah lavar a cara dos filhotes era assim: primeiro ela prendia o coitadinho no chão, pela orelha, com uma pata, e aí com a outra esfregava toda a carinha dele, no sentido errado, começando pelo nariz: e agora, como eu falei, ela estava ocupadíssima com o filhote branco, que continuava deitado bem quietinho, tentando ronronar — sem dúvida entendendo que aquilo era tudo pelo seu bem.

Mas ela já tinha lidado com a pretinha no começo da tarde, e assim, enquanto Alice ficava ali enroscada num canto da imensa poltrona, meio falando sozinha e meio dormindo, a gatinha estava pintando o sete com a bola de lã que Alice tentava enrolar, e que ela rolou por tudo até desenrolar; e lá estava ela, espalhada pelo capachinho da lareira, toda embaraçada e cheia de nós, com a gatinha no meio, correndo atrás do próprio rabo.

— Ah, sua pestinha! — gritou Alice, pegando o filhote e lhe dando um beijinho para ele entender que estava condenado. — Sério, a Dinah devia ter educado você melhor! Devia *mesmo*, Dinah, e você sabe que devia! — acrescentou, olhando severa para a gata e falando com a voz mais contrariada que conseguia fazer; e então subiu de novo na poltrona, levando lã e gatinha, e começou a enrolar a bola de novo. Mas não trabalhava muito rápido, já que falava o tempo todo, às vezes com a gatinha e às vezes sozinha. Kitty ficou muito séria no colo dela, fingindo que acompanhava o progresso de Alice com a bola, e vez por outra esticando uma pata e dando tapinhas na lã, como quem adoraria ajudar, se pudesse.

— Você sabe que dia é amanhã, Kitty? — começou Alice. — Você já ia estar sabendo se tivesse olhado pela janela comigo, só que a Dinah estava te deixando limpinha, e você não podia. Eu estava vendo os meninos juntarem lenha pra fogueira… e precisa bastante lenha, Kitty! Só que foi ficando tão frio, e com tanta neve, que eles tiveram que parar. Mas não faz mal, Kitty, amanhã a gente vai lá ver a fogueira.

Aqui Alice passou duas ou três voltas de lã pelo pescoço da gatinha, só para ver como ficava: isso levou a uma disputa pela posse da bola, que acabou rolando para o chão, desenrolando metros e metros de lã outra vez.

— Sabe que eu fiquei tão brava, Kitty — Alice continuou dizendo assim que as duas se acomodaram de novo —, quando vi a bagunça que você tinha aprontado, que eu já estava quase abrindo a janela pra te jogar na neve lá fora! E agora você mereceu, sua pestinha mais fofa! Você pode se explicar? Mas não me interrompa! — continuou, de dedinho em riste. — Eu vou te dizer tudo que você fez errado. Número um: você deu dois mios quando a Dinah estava lavando o seu rosto hoje cedo. E nem venha negar,

Kitty: que eu escutei! Como é que é? — (fingindo que a gatinha estava falando) — A pata dela cutucou o seu olho? Ora, é culpa *sua*, por ficar de olho aberto; se eles estivessem bem fechadinhos, uma coisa dessas não acontecia. Agora chega de inventar desculpas, só me escute! Número dois: você puxou a Bola de Neve pelo rabo bem na hora que eu pus o pratinho de leite pra ela! Ah, é, você estava com sede? E como é que você sabe que ela não estava com sede também? E agora o número três: você desenrolou a bola de lã inteirinha enquanto eu estava distraída!

"Já são três travessuras, Kitty, e você não recebeu nenhum castigo. Você sabe que eu estou guardando todos os castigos pra você até quarta-feira que vem — imagine só se eles tivessem guardado todos os *meus* castigos!", ela prosseguiu, falando mais sozinha do que com a gata. "Isso ia dar *quanto* no fim do ano? Acho que eu ia acabar na prisão, quando chegasse o dia. Ou, vejamos, se cada castigo fosse de ir dormir sem jantar: aí, quando chegasse o dia trágico, eu ia ter que ficar sem jantar cinquenta vezes de uma vez só! Bom, *isso* não ia ser tão ruim! Melhor ficar sem do que ter que jantar aquilo tudo!

"Está ouvindo a neve batendo no vidro, Kitty? É tão gostosinho, o barulho! Parece que alguém está lá fora cobrindo a janela de beijos. Será que a neve *ama* as árvores e os campos, pra ficar dando esses beijinhos tão delicados? E aí ela cobre todo mundo direitinho, sabe, com uma manta branca; e vai ver que ela fala 'Hora de dormir, meus amores, até o verão voltar'. E quando eles acordam no verão, Kitty, eles se vestem inteirinhos de verde e saem dançando, toda vez que o vento sopra, ah, como é bonito!", exclamou Alice, largando a bola de lã para juntar as mãos. "E como eu *queria* que fosse verdade! Mas que as árvores ficam com cara de sono no outono, quando as folhas vão ficando marrons, lá isso é verdade.

"Kitty, você sabe jogar xadrez? Mas não ria assim, querida, eu estou falando sério. Porque quando a gente estava jogando agorinha há pouco, você ficou olhando como se estivesse entendendo, e quando eu disse 'Xeque!', você ronronou! Bom, olha que *foi* um belo de um xeque, Kitty, e eu podia até ter ganhado, se não fosse aquele Cavalo malvado, que veio rebolando pra cima das minhas peças. Kitty, querida, vamos fazer de conta…"

E aqui eu queria poder te contar metade das coisas que Alice falava quando começava com a sua expressão favorita "Vamos fazer de conta". Ela teve uma discussão bem comprida com a irmã ainda na véspera — tudo porque Alice tinha começado com "Vamos fazer de conta que nós somos reis e rainhas"; e a irmã, que gostava de ser bem precisa, respondeu que aquilo não ia dar certo, porque elas estavam só em duas, e Alice acabou se vendo obrigada a dizer: "Bom, então *você* pode ser uma, e *eu* faço o resto". E uma vez ela deu um susto tremendo na sua velha babá quando gritou de repente na orelha dela: "Babá! Por favor, vamos fazer de conta que eu sou uma hiena faminta e você é um osso".

Mas isso tudo está nos afastando do que Alice dizia à gatinha.

— Vamos fazer de conta que você é a Rainha Vermelha, Kitty! Sabe que eu até acho que se você sentasse de bracinhos cruzados, ia ficar a cara dela. Vem, vamos tentar, muito obrigada! — E Alice tirou a Rainha Vermelha da mesa e a pôs diante da gatinha, como um modelo a ser imitado. Então, como castigo, ergueu o bichano até o espelho, para ver como ela estava de cara feia. — E se você não começar a obedecer agora mesmo — acrescentou —, eu te jogo lá na Casa do Espelho. O que é que você ia achar *disso*?

"Agora, se você puder prestar atenção, Kitty, e parar de falar que nem uma matraca, eu te conto tudo que eu sei da Casa do Espelho. Primeiro, tem essa sala que você consegue ver ali; é bem igualzinha à nossa, só que as coisas ficam ao contrário. Eu consigo enxergar tudo se subir numa cadeira; tudo menos o pedacinho que fica atrás da lareira. Ah, como eu queria poder ver *aquele* pedacinho! Eu queria tanto saber se eles ficam com a lareira acesa no inverno: e *nunca* dá pra saber, não é mesmo, a não ser que a lareira solte fumaça, e que a fumaça apareça lá naquela sala também... mas pode ser só fingimento, só pra fazer parecer que eles estão com a lareira acesa. Mas então, os livros são mais ou menos como os nossos, só que as palavras estão ao contrário; isso eu sei porque já mostrei um dos nossos livros pro espelho, e aí eles mostram um da outra sala.

"O que é que você ia achar de morar na Casa do Espelho, Kitty? Será que iam te dar leite lá? Talvez tomar leite do espelho não faça bem... mas ah, Kitty! agora vem a entrada. Dá pra você ver só uma *pontinha* da entrada da Casa do Espelho, se deixar a porta da nossa sala bem aberta. Ah, Kitty! como ia ser bom se a gente tivesse como entrar na Casa do Espelho! Aposto que ali está cheio de umas coisas tão lindas! Vamos fazer de conta que tem um jeito de entrar, algum jeito, Kitty. Vamos fazer de conta que o vidro ficou molinho, que nem tule, pra gente poder passar. Puxa, agora está virando só uma névoa, olha! Agora vai ser fácil atravessar..." Estava em cima da lareira quando disse isso, apesar de nem saber direito como tinha ido parar ali. E o vidro estava *mesmo* começando a derreter, igualzinho a uma névoa brilhante e prateada.

Num instante Alice tinha atravessado o vidro, e com um salto leve estava na sala do espelho. A primeiríssima coisa que fez foi verificar se havia fogo na lareira, e ficou bem satisfeita ao descobrir que havia um fogo de verdade ali, crepitando forte como aquele que tinha deixado para trás. "Então

★ ★ ★ ★ ★ Lewis Carroll ★ ★ ★ ★ ★ ★

eu vou ficar quentinha aqui, como estava lá na nossa sala", pensou Alice; "até mais quentinha, porque aqui não tem ninguém pra me mandar não ficar tão grudada na lareira. Ah, como vai ser divertido quando eles me virem aqui pelo espelho e não conseguirem me pegar!"

Aí ela começou a olhar em volta e percebeu que o que ficava visível lá da outra sala era bem normal e desinteressante, mas que o resto não podia ser mais diferente. Por exemplo, as pinturas na parede da lareira pareciam vivas, e até o relógio que ficava em cima da lareira (você sabe que a gente só vê as costas dele no espelho) tinha a cara de um velhinho, e sorriu para ela.

"Eles não arrumam esta sala tanto quanto a outra", Alice pensou, ao perceber várias das peças de xadrez na lareira, caídas entre as cinzas: mas num instante, com um breve "Ah!" de surpresa, ela estava abaixada ali na frente, olhando aquelas peças. Elas caminhavam por ali, aos pares!

— Olha aqui o Rei Vermelho e a Rainha Vermelha — Alice disse (num sussurro, de medo de assustar as peças) —, e olha o Rei Branco e a Rainha Branca sentados na beira da pá... e aqui duas torres passeando de braço dado... acho que elas não me escutam — continuou, enquanto baixava mais a cabeça — e eu tenho quase certeza que elas não me enxergam. Parece até que eu sou invisível...

Nesse momento algo começou a guinchar na mesa atrás de Alice, e fez ela virar a cabeça bem a tempo de ver um dos Peões Brancos rolar e começar a espernear: ela ficou observando bem curiosa, para ver o que ia acontecer.

— É a voz da minha filhinha! — a Rainha Branca gritou enquanto passava correndo pelo Rei, com tanta violência que o jogou bem no meio das cinzas. — Minha preciosa Lily! Minha gatinha imperial! — E começou a escalar alucinada a lateral da lareira.

★ ★ ★ ★ ★ ★   30   ★ ★ ★ ★ ★ ★

♥ ♥ **Através do espelho e o que Alice viu por lá** ♥ ♥

— Maluca imperial! — disse o Rei, esfregando o nariz, que tinha machucado na queda. Ele tinha *certo* direito de estar irritado com a Rainha, pois estava coberto de cinzas da cabeça aos pés.

Alice queria muito ajudar, e como a pobre Lily estava quase tendo um treco de tanto chorar, ela rapidamente pegou a Rainha e a colocou na mesa ao lado de sua barulhenta filha.

A Rainha engasgou, e sentou; a veloz jornada pelo ar a deixou literalmente sem ar, e por um ou dois minutos a única coisa que ela conseguiu foi abraçar calada sua pequena Lily. Assim que tinha recuperado um pouco o fôlego, ela gritou para o Rei Branco, que estava sentado, emburrado, em meio às cinzas:

— Cuidado com o vulcão!

— Que vulcão? — disse o Rei, olhando preocupado para a lareira, como se achasse que aquele era o lugar com mais chances de abrigar um vulcão.

— Me... soprou... pra cá — disse a Rainha ofegante, ainda um tanto sem ar. — Tente subir... do jeito normal... não deixe ele te soprar!

Alice ficou vendo enquanto o Rei Branco subia de barra em barra, bem devagar, até que finalmente disse:

— Ora, desse jeito você vai levar horas para chegar até a mesa. Muito melhor se eu te der uma mãozinha, não é mesmo?

Mas o Rei nem percebeu a pergunta: estava mais do que claro que ele não a via nem ouvia.

Alice então pegou o Rei com muito cuidado e o transportou mais devagar do que a Rainha, para não deixar o coitado sem ar: mas, antes de largá-lo na mesa, achou que podia também dar uma espanada nas cinzas que o cobriam inteiro.

Ela disse mais tarde que nunca tinha visto cara igual à que o Rei fez quando se viu sustentado no ar por uma grande mão invisível, e sendo espanado: estava atônito demais para gritar, mas seus olhos e sua boca foram ficando cada vez mais esbugalhados, e redondos, e ela riu tanto que sua mão tremeu e quase deixou o Rei cair no chão.

— Ah!, *por favor*, não faça tanta careta, querido! — ela gritou, sem nem lembrar que o Rei não estava ouvindo. — Você está me fazendo rir tanto, que eu mal consigo te segurar! E não fique com a boca aberta desse jeito! Vai entrar um monte de cinzas... pronto, agora acho que você está arrumadinho! — ela acrescentou enquanto lhe ajeitava o cabelo e o colocava na mesa, perto da Rainha.

O Rei imediatamente caiu de costas e ficou completamente imóvel, e Alice ficou um pouco preocupada com o que tinha feito, e foi dar uma olhada na sala para ver se achava água para jogar em cima dele. No entanto, só encontrou um frasco de tinta, e quando voltou com ele, viu que o Rei tinha se recuperado e estava conversando com a Rainha em sussurros amedrontados — tão baixinhos que Alice mal conseguia ouvir o que eles falavam.

O Rei estava dizendo:

— Olha, meu amor, eu gelei até a pontinha das minhas suíças!

Ao que a Rainha respondeu:

— Você não usa suíças.

— O pânico daquele momento — o Rei continuou — eu nunca, *nunca* vou esquecer.

— Mas vai sim — a Rainha disse —, se não tomar nota.

Alice ficou olhando, interessadíssima, enquanto o Rei tirava do bolso um enorme caderno de notas e começava a escrever. De repente lhe veio uma ideia, e ela pegou a extremidade do lápis, que ultrapassava bastante a altura dos ombros dele, e começou a escrever em seu lugar.

O pobre Rei estava com uma cara desorientada e infeliz, e lutou um tempo com o lápis sem abrir a boca; mas Alice era forte demais para ele, que acabou dizendo, ofegante:

— Meu amor! Eu preciso *mesmo* de um lápis mais fino. Não estou conseguindo lidar com este aqui; ele escreve um monte de coisas que eu nem queria...

— Que monte de coisas? — disse a Rainha, dando uma olhada no caderno (onde Alice tinha escrito *"O Cavalo Branco está escorregando pelo atiçador de lareira. Ele é muito ruim de equilíbrio"*). — Isso não é um registro do que *você* está sentindo!

Havia um livro perto de Alice na mesa, e enquanto ela ficava observando o Rei Branco (pois ainda estava um pouco preocupada com ele, e mantinha a tinta à mão, para jogar caso ele desmaiasse de novo), ela folheou um pouco, para encontrar alguma parte que conseguisse ler.

—... porque isso tudo está escrito numa língua que eu não conheço — ela disse.

Era assim:

Pantelhão

Brilhava, e as tolimulias pinvóas
Quaniam filvas nos vançóes:
Fatres, julgavam as torrinbas,
E os pulhos davam gróes.

Ficou um tempo tentando entender, mas finalmente uma ideia brilhante lhe ocorreu.

— Mas claro, é um livro do espelho! E se eu olhar o reflexo no espelho, as palavras vão ficar certas de novo.

Foi este o poema que Alice leu:

★ ★ ★ ★ ★ ★ Lewis Carroll ★ ★ ★ ★ ★ ★

Parlengão

Bríldava, e as tolimúlvias píndas
Gusmiam fildas nos vauções;
Fafres, zuldavam as lorríndas,
E os pulhos davam grões.

"Mas olha o Parlengão, rapaz!
Monstro que morde, arranha e pega!
Olha o Jurju, e deixa em paz
O frúmio Bandurrega!"

Mas ele saca a espada vurpa
E vai atrás do vil mecando,
E sob a sombra da Tum-túmia,
Detém-se, então, pensando.

E enquanto sólio meditava,
O Parlengão-tatá já veio,
Munfando pela mata glava,
Com cara de furreio!

Um, dois! Um, dois! E, talhe sec
A vurpa cerça num instante!
Vitória! Corta-lhe a cabeça,
E volta orgulopante!

"Então mataste o Parlengão!
Ah, vem a mim, rapaz risente!
Que mareglia! Eviva! Evía!",
Garfungalhou contente.

★ ★   34   ★ ★ ★ ★ ★ ★ ★

𝔅rílðava, e as tolimúlvías pinðas
𝔊usmíam filðas nos vauções;
𝔉afres, ʒulðavam as lorrínðas,
𝔈 os pulhos ðavam grões.

— Parece bem bonito — ela disse quando acabou de ler —, mas é *bem* difícil de entender! — (Como você pode ver, ela não queria confessar, nem para si própria, que não tinha entendido nada.) — Parece que eu fiquei com a cabeça cheia de ideias... só que eu não sei exatamente quais! Mas *alguém* matou *alguma coisa*: até aí eu fui, pelo menos...

"Mas ah!", pensou Alice, levantando de repente, "se eu não me apressar, vou acabar tendo que voltar pro outro lado do espelho antes de ver como é o resto da casa! Vamos dar uma olhadinha no jardim primeiro!" Num instante tinha saído da sala e descido correndo as escadas — ou, pelo menos, não era exatamente uma corrida, mas uma nova invenção dela para descer escadas com velocidade e praticidade, como Alice disse a si mesma. Ela só manteve as pontinhas dos dedos no corrimão, e flutuou delicadamente sem nem tocar os degraus com os pés; então flutuou pelo saguão da entrada, e teria saído direto pela porta da mesma maneira, se não tivesse se agarrado ao batente. Estava até tonta de tanto flutuar por ali, e ficou bem contente de se ver de novo caminhando de uma maneira normal.

Capítulo II

O jardim de flores vivas

—Dava pra eu ver bem melhor o jardim — Alice falou sozinha — se eu pudesse chegar no alto daquela colina: e tem uma trilha que vai bem naquela direção... ou na verdade não, direto não vai... — (depois de seguir a trilha por alguns metros e de fazer várias curvas fechadas) — mas acho que uma hora chega lá. Mas que jeito mais tortuoso! Parece mais um saca-rolhas que uma trilha! Bom, essa curva leva à colina, acho eu... não leva não! Esta volta direto até a casa! Então eu vou é pegar a outra.

E foi o que ela fez: andando para cima e para baixo, e tentando curvas e mais curvas, mas sempre retornando à casa, por mais que tentasse. A bem da verdade, uma vez, quando fez uma curva mais rápido que o normal, ela trombou com a casa antes de conseguir parar.

— Não adianta nem tentar me convencer — disse Alice, olhando para a casa e fingindo que estava discutindo com ela. — Eu *não vou* entrar de novo tão cedo. Sei que ia ter que passar outra vez pelo espelho, de volta pra nossa sala, e isso ia ser o fim de todas as minhas aventuras!

Então, virando decidida as costas para a casa, ela pegou mais uma vez a trilha, determinada a seguir em linha reta até chegar à colina. Por alguns minutos tudo correu bem, e ela estava justamente dizendo "Dessa vez eu *hei* de conseguir..." quando a trilha virou de repente e se sacudiu (como ela descreveu mais tarde), e no momento seguinte ela se viu de fato entrando pela porta.

— Ah, que pena! — gritou. — Nunca vi casa mais intrometida! Nunquinha!

No entanto, a colina continuava à vista, então a única coisa a fazer era começar de novo. Dessa vez ela topou com um grande canteiro de flores, contornado por margaridas, com um salgueiro bem no meio.

— Ó, Gloriosa — disse Alice, dirigindo-se àquela que oscilava elegante ao vento. — Como eu *queria* que você falasse!

— A gente *fala* — disse a Gloriosa —, quando aparece alguém que vale a pena.

Alice ficou tão espantada que por um minuto não conseguiu abrir a boca: aquilo pareceu mesmo lhe tirar o fôlego. Por fim, enquanto a Gloriosa continuava oscilando, ela falou de novo, com voz tímida, quase num sussurro.

— E *todas* as flores falam?

— Tanto quanto *você* — disse a Gloriosa. — E bem mais alto.

— A gente não acha educado começar a conversa, sabe — disse a Rosa —, e eu estava mesmo aqui pensando quando é que você ia falar! Eu ia me dizendo "Ela tem lá *certa* cara de quem pensa, ainda que não tenha cara de quem pensa direito!". De um jeito ou de outro, pelo menos você é da cor certa.

— Pra mim a cor não faz diferença — a Gloriosa comentou. — Era só as pétalas dela serem um pouquinho mais enroscadas que estava tudo bem.

Alice não gostava de ser criticada, então começou a fazer perguntas.

— Vocês não ficam com medo, às vezes, por ficarem aqui plantadas, sem ninguém pra cuidar de vocês?

— Tem a árvore ali no meio — disse a Rosa —, se ela não servir pra isso, serve pra quê?

— Mas ela ia fazer o quê, se aparecesse algum perigo? — Alice perguntou.

— Ela pelo menos fica triste! — exclamou uma Margarida. — É por isso que o seu nome é Salgueiro-Chorão!

— Você não sabia nem *isso*? — exclamou outra Margarida, e aqui elas começaram a gritar todas ao mesmo tempo, até que o ar foi tomado por vozes esganiçadas.

— Silêncio, todo mundo! — gritou a Gloriosa, oscilando vigorosamente de um lado para outro e tremendo de ansiedade. — Elas sabem que eu não alcanço elas daqui! — disse ofegante, curvando a cabeça trêmula na direção de Alice —, senão, nem iam ter coragem!

— Não faz mal! — Alice disse num tom tranquilizador, e abaixando-se até as margaridas, que já iam começando tudo de novo, sussurrou: — Se vocês não ficarem quietinhas, eu vou colher todo mundo!

Fez-se um silêncio imediato, e várias das margaridas cor-de-rosa ficaram brancas.

— Isso mesmo! — disse a Gloriosa. — As margaridas são as piores. É só uma abrir a boca que todas começam a falar ao mesmo tempo, você fica até murcha de ouvir essa barulheira!

— Como é que vocês sabem falar tão direitinho? — Alice disse, esperando melhorar o humor da flor com um elogio. — Eu já estive em muitos jardins, mas as flores nunca souberam falar.

— Sinta a terra com a mão — disse a Gloriosa. — Aí você vai entender.

Alice obedeceu.

— A terra está bem dura — ela disse —, mas eu não sei o que isso explica.

— Na maioria dos jardins — a Gloriosa disse —, eles deixam os canteiros muito fofos, aí as flores ficam o tempo todo dormindo.

Isso parecia uma excelente explicação, e Alice gostou muito de ficar sabendo.

— Eu nunca tinha pensado nisso! — ela disse.

— Na *minha* modesta opinião, você nunca pensa em nada — a Rosa disse num tom bem severo.

— Nunca vi tanta estupidação — uma Violeta disse, tão de repente que Alice quase deu um pulo; pois ela ainda não tinha falado.

— Fique *bem* quietinha! — gritou a Gloriosa. — Como se *você* tivesse visto muita gente! Você fica com a cabeça embaixo das folhas, roncando feliz, e acaba que você sabe tanto do que acontece no mundo quanto um botãozinho!

— Tem mais gente no jardim, além de mim? — Alice disse, decidindo passar por cima do último comentário da Rosa.

— Tem outra flor no jardim que sabe andar que nem você — disse a Rosa. — Eu estava aqui pensando como vocês fazem... — ("Você está sempre aí pensando essas coisas", disse a Gloriosa) —... mas ela é mais folhuda que você.

— Ela é que nem eu? — Alice perguntou curiosa, pois uma ideia lhe passou pela cabeça: "Tem outra menina em algum lugar do jardim!".

— Bom, ela é desengonçada como você — a Rosa disse —, mas é mais vermelha... e tem pétalas mais curtas, acho eu.

— As pétalas dela ficam mais ajeitadinhas, quase como as de uma Dália — a Gloriosa interrompeu —, não desmanteladas assim que nem as suas.

— Mas isso não é culpa *sua* — a Rosa acrescentou com

gentileza —, você está começando a murchar, sabe... e aí a gente não pode evitar um certo desmazelo das pétalas.

Alice não gostou nadinha dessa ideia: então, para mudar de assunto, acrescentou:

— E ela passa às vezes por aqui?

— Eu diria que vocês logo vão se ver — disse a Rosa. — Ela é do tipo espinhoso.

— Onde é que ela tem espinhos? — Alice perguntou com certa curiosidade.

— Ora, em volta da cabeça, é claro — a Rosa replicou. — Eu estava aqui pensando se *você* também não tinha. Eu achava que era a regra.

— Ela está chegando! — gritou o Delfim. — Eu estou ouvindo o passo dela, plom, plom, plom, no caminho de pedrisco!

Alice olhou ansiosa em torno, e descobriu que era a Rainha Vermelha.

— Ela cresceu bastante! — foi seu primeiro comentário. E tinha crescido mesmo: quando Alice viu a Rainha pela primeira vez, entre as cinzas, ela estava com menos de oito centímetros de altura; e agora estava ali, e Alice mal lhe batia no ombro!

— É o ar fresco que faz isso — disse a Rosa —, o ar aqui fora é uma maravilha.

— Acho que eu vou até lá falar com ela — disse Alice, pois, por mais interessantes que as flores fossem, ela achava que seria bem mais impressionante conversar com uma Rainha de verdade.

— Você não vai conseguir — disse a Rosa. — *Eu* diria que é melhor você ir na outra direção.

Alice achou que isso era uma bobagem, então nem comentou, mas seguiu direto na direção da Rainha Vermelha. Qual não foi sua surpresa quando de repente a perdeu de vista e se viu de novo entrando pela porta da casa.

Um tanto contrariada, ela se afastou, e depois de procurar por toda parte a Rainha (que acabou encontrando, bem longe dali), pensou que era melhor tentar o plano, dessa vez, de caminhar na direção oposta.

Tudo correu às mil maravilhas. Em menos de um minuto ela se viu cara a cara com a Rainha Vermelha, e logo ao pé da colina que há tanto tempo tentava alcançar.

— De onde é que você veio? — disse a Rainha Vermelha. — E aonde é que você vai? Olhe pra mim, fale com educação, e pare de ficar futucando com os dedos.

Alice obedeceu a todas essas ordens e explicou, ou tentou explicar, que tinha perdido o rumo.

— Eu não sei como isso seria *possível* — disse a Rainha. — Você só pode perder o que é seu, e todos os rumos por aqui são *meus*; mas por que é que você quis vir pra cá? — acrescentou num tom mais delicado. — Faça uma reverência enquanto pensa no que vai dizer, economiza tempo.

Alice achou essa ideia um tanto estranha, mas a Rainha era uma figura imponente demais, e ela não queria contrariar. "Eu vou tentar quando estiver em casa", pensou com seus botões, "na próxima vez que eu me atrasar pro jantar."

— Já está na hora de responder — a Rainha disse, olhando o relógio —, abra um *pouquinho* mais a boca quando falar, e sempre diga "Vossa Majestade".

— Eu só queria ver como era o jardim, Vossa Majestade…

— Muito bem — disse a Rainha, dando tapinhas na cabeça de Alice, que não gostou nada nada —, se bem que, se você chama isso aqui de "jardim"… *Eu* já vi jardins que em comparação faziam esse aqui parecer um matagal.

Alice nem se atreveu a discutir, mas continuou:

—… e eu pensei em tentar chegar até o topo daquela colina…

— Se você chama aquilo ali de "colina" — a Rainha interrompeu —, *eu* podia te mostrar umas colinas que em comparação iam fazer você chamar aquela ali de vale.

— Mas eu não ia chamar — disse Alice, que de tão surpresa acabou contradizendo a Rainha. — Uma colina *não pode* ser um vale, sabe. Isso seria bobagem...

A Rainha Vermelha sacudiu a cabeça.

— Pode chamar de "bobagem" se quiser — ela disse —, mas *eu* já ouvi bobagens que em comparação faziam essa parecer lúcida como um dicionário!

Alice fez outra reverência, pois estava com medo de que o tom de voz da Rainha denotasse uma *ligeira* contrariedade, e as duas seguiram em silêncio até chegarem ao topo da pequena colina.

Por uns minutos Alice ficou parada sem abrir a boca, olhando para todos os lados da paisagem — e que paisagem curiosa era aquela. Havia vários riachos que a atravessavam de um lado a outro, e o terreno entre eles era dividido em quadrados, graças a diversas sebes verdes que se estendiam de um riacho a outro.

— Olha que essa divisão é igualzinha a um tabuleiro de xadrez! — Alice disse finalmente. — Só faltavam umas peças andando... e olha elas ali! — acrescentou encantada, e seu coração começou a acelerar de empolgação enquanto ela falava. — É um imenso jogo de xadrez que está sendo jogado... no mundo todo... se é que isso aqui *é* o mundo mesmo, sabe. Ah, que coisa mais divertida! Como eu *queria* ser uma das peças! Eu aceitava até ser Peão, só pra poder entrar no jogo... se bem que é claro que eu ia *preferir* ser Rainha, melhor.

Ao dizer isso, ela lançou um olhar bem tímido para a Rainha de verdade, mas sua companheira apenas sorriu de um jeito agradável e disse:

— Isso não é difícil. Você pode ser o Peão da Rainha Branca, se quiser, já que a Lily é novinha demais para jogar; e você já está mesmo na Segunda Casa: quando chegar à Oitava Casa, você vai ser Rainha... — E bem nesse momento, sem maiores explicações, elas saíram correndo.

Alice nunca entendeu direito, quando mais tarde pensou nisso tudo, como foi que começaram a correr: ela só lembra que estavam de mãos dadas e que a Rainha ia tão rápido que ela mal conseguia acompanhar; e ainda assim a Rainha ficava gritando:

— Mais rápido! Mais rápido! — Mas Alice sentia que não *conseguia* ir mais rápido, apesar de não ter fôlego para dizer isso em voz alta.

A parte mais curiosa daquilo tudo era que as árvores e as outras coisas em torno delas nunca mudavam de lugar: por mais que elas corressem, pareciam nunca passar pelas coisas. "Será que tudo está andando junto com a gente?", pensou a pobre e confusa Alice. E a Rainha pareceu adivinhar o que ela estava pensando, pois gritou:

— Mais rápido! Não tente falar!

Não que Alice estivesse pensando em fazer justo *isso*. Ela já achava que nunca mais conseguiria falar, de tão sem fôlego que estava; e ainda assim a Rainha gritava "Mais rápido! Mais rápido!" e a puxava pela mão.

— A gente já está chegando? — Alice conseguiu finalmente dizer, ofegante.

— Chegando? — a Rainha repetiu. — Ora, nós passamos do ponto há dez minutos! Mais rápido!

E elas continuaram correndo em silêncio por um tempo, o vento assoviando nos ouvidos de Alice e quase lhe arrancando o cabelo da cabeça (ao menos era o que parecia).

— Agora! Agora! — gritou a Rainha. — Mais rápido! Mais rápido! — E elas estavam correndo tanto que por fim já pareciam pairar, quase sem botar os pés no chão, até que de repente, bem quando Alice estava ficando exausta, pararam, e ela se viu sentada no chão, sem fôlego e tonta.

A Rainha encostou Alice numa árvore e disse com delicadeza:

— Agora você pode descansar um pouquinho.

Alice olhou em volta muito surpresa.

— Ora, não é que a gente ficou aqui embaixo dessa árvore o tempo todo? Tudo está igualzinho!

— Mas é claro — disse a Rainha —, o que é que você achava?

— Bom, na *nossa* terra — disse Alice, ainda um pouco ofegante —, você normalmente chega a outro lugar... se correr bem rápido por muito tempo, como a gente fez.

— Que terrinha mais lenta! — disse a Rainha. — Porque, veja bem, *aqui* você tem que correr o máximo que *puder*, só pra ficar no mesmo lugar. Se quiser ir a outro lugar, você vai ter que correr duas vezes mais rápido que isso!

— Eu prefiro nem tentar, muito obrigada! — disse Alice. — Estou bem satisfeita aqui mesmo... só que estou *tão* cansada e com *tanta* sede!

— Eu sei o que você quer! — a Rainha disse simpática, tirando uma caixinha do bolso. — Quer bolachinha?

Alice achou que não seria educado dizer "não", ainda que não fosse nem de longe o que ela queria. Então aceitou, e comeu como pôde: e a bolacha era *muito* seca; e ela ficou achando que nunca passou tão perto de morrer engasgada.

— Enquanto você se refresca — disse a Rainha —, eu vou só tirar as medidas. — E ela tirou uma fita do bolso, com marcas de centímetros, e começou a medir o terreno, e cravar pequenas estacas aqui e ali. — Quando der dois metros — ela disse, colocando uma estaca para marcar a distância —, eu vou te dar as suas ordens... outra bolachinha?

— Não, obrigada — disse Alice —, uma está mais do que bom!

— Matou a sede, então? — disse a Rainha.

Alice não sabia como responder, mas por sorte a Rainha não ficou esperando uma resposta, mas continuou falando.

— Quando der *três* metros, eu vou repetir as suas ordens, de medo que você esqueça. Quando der *quatro*, eu vou me despedir. E quando der *cinco*, eu vou embora!

A essa altura ela já tinha colocado todas as estacas, e Alice ficou olhando, interessadíssima, enquanto ela voltava até a árvore, e então começava a andar lentamente por aquela linha.

Na estaca que marcava dois metros, ela olhou em volta e disse:

— Os peões andam duas casas no seu primeiro lance, como você sabe. Então eu vou passar *bem* rapidinho pela Terceira Casa... de trem, eu diria... e logo você já vai estar na Quarta Casa. Bom, *ali* é a casa de Tweedledum e Tweedledee... a Quinta é quase só água... a Sexta é do Humpty Dumpty... mas você não vai dizer nada?

— Eu... eu não sabia que tinha que falar... bem agora — Alice disse vacilante.

— Você *devia* ter dito "É muita bondade sua me explicar isso tudo". No entanto, vamos supor que você falou. A Sétima Casa é toda coberta por uma floresta... no entanto, um dos Cavaleiros vai te mostrar o caminho... e na Oitava Casa nós vamos ser rainhas juntas, e aí é só festa, só alegria! — Alice levantou e fez uma reverência, e sentou de novo.

Na estaca seguinte a Rainha se virou de novo para ela, e dessa vez disse:

— Fale em francês quando não lembrar a palavra certa pra alguma coisa, ande com as pontas dos pés apontando pra fora e lembre quem você é!

Dessa vez ela não esperou Alice fazer sua reverência, mas foi direto até a estaca seguinte, onde se virou por um momento para dizer "adeus", e aí correu até a última.

Como aconteceu, Alice nunca soube, mas no mesmíssimo momento em que chegou à última estaca, a Rainha desapareceu. Se tinha sumido no ar ou corrido velozmente para as árvores ("E aquela lá corre mesmo!", pensou Alice), não havia como saber, mas ela desapareceu, e Alice começou a lembrar que era um Peão, e que logo seria a hora de dar um passo.

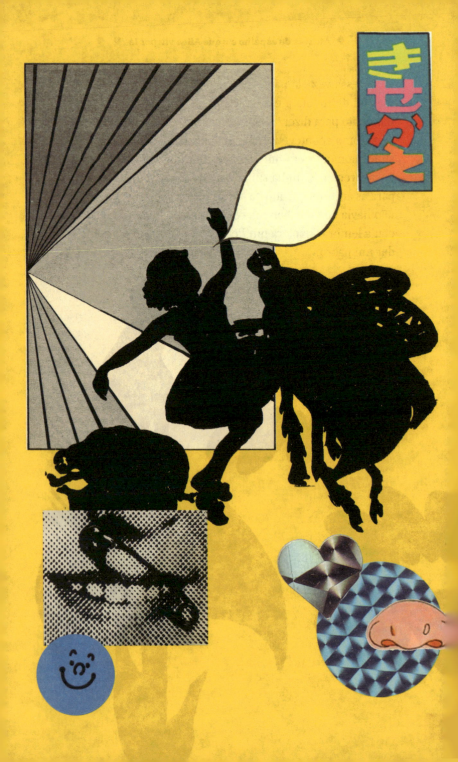

Capítulo III

Insetos do espelho

Obviamente, a primeira tarefa era realizar um grande levantamento topográfico da terra que ela iria atravessar. "É mais ou menos como estudar geografia", pensou Alice, na pontinha dos pés para ver se conseguia enxergar mais longe. "Rios principais: nenhum rio. Montanhas principais: eu estou na única, mas acho que nem tem nome. Cidades principais: ora, que criaturas são aquelas, ali fazendo mel? Abelhas é que elas não podem ser — ninguém enxerga uma abelha a mais de um quilômetro de distância, sabe...", e por algum tempo ficou em silêncio, observando uma delas, seguindo agitada de flor em flor, metendo em cada uma seu probóscide, "igualzinho a uma abelha qualquer", pensou Alice.

Mas aquilo era tudo menos uma abelha qualquer: na verdade era um elefante — como Alice logo descobriu, embora a ideia tenha sido um choque, de início.

— E como devem ser imensas aquelas flores! — foi sua ideia seguinte. — Devem ser como uns chalés sem o telhado, e espetados num caule... e a quantidade de mel que devem produzir! Acho que eu vou até ali e... não, pelo menos *ainda* não. — Ela seguiu em frente, detendo-se bem quando começava a correr encosta abaixo e tentando encontrar alguma desculpa para toda essa timidez assim tão de repente. — Não vai adiantar descer ali com eles sem ter um galho bem comprido pra sacudir e espantar eles dali... e como vai ser divertido quando me perguntarem como está indo o meu passeio. Eu vou dizer: "Ah, está agradável"... — (aqui vinha o gesto favorito, de tirar o cabelo do rosto com um movimento da cabeça) —, só que tinha muita poeira, está quente demais, e os elefantes não param de me azucrinar!".

Depois de uma pausa, ela disse:

— Acho que eu vou descer pelo outro lado, e talvez passe mais tarde pra ver os elefantes. Além disso, eu quero tanto chegar na Terceira Casa!

Então com essa desculpa ela desceu correndo a colina e saltou o primeiro dos seis riachos.

* * *

— A passagem, por favor! — disse o Condutor, metendo a cabeça pela janela. Num instante estavam todos segurando um bilhete: eram mais ou menos do tamanho das pessoas e pareciam deixar o vagão entupido. — Muito bem! A sua passagem, menina! — o Condutor foi dizendo, olhando para Alice com cara de irritado. E muitas vozes disseram todas juntas ("Como o refrão de uma canção", pensou Alice):

— Não faça ele esperar, menina! O tempo dele vale mil libras cada minuto!

— Mas o problema é que eu não tenho passagem — Alice disse com uma voz amedrontada —, não tinha guichê lá no lugar de onde eu vim.

E de novo um coro de vozes começou.

— Não tinha espaço pra guichês lá no lugar de onde ela veio. A terra lá vale mil libras cada centímetro!

— Não me venha com desculpas — disse o Condutor —, você devia ter comprado com o maquinista.

E mais uma vez começou o coro:

— O sujeito que cuida da locomotiva. Ora, só a fumaça vale mil libras cada resfolegada!

Alice pensou: "Então não adianta gastar meu fôlego". As vozes dessa vez não vieram em resposta; como ela não falou, eles todos *pensaram* em coro (espero que você entenda o que significa *pensar em coro* — porque eu preciso confessar que não entendo não): "Melhor nem abrir a boca. A linguagem vale mil libras cada palavra!".

"O que eu sei é que hoje à noite eu vou sonhar com mil libras!", pensou Alice.

Durante todo esse tempo o Condutor ficou olhando para ela, primeiro com um telescópio, depois com um microscópio e depois com um binóculo de ópera. Por fim, ele disse "Você está indo pro lado errado", fechou a janela e foi embora.

— Uma criança tão novinha — disse o cavalheiro sentado à frente dela (suas roupas eram de papel branco) — devia saber pra que lado está indo, mesmo que não saiba o próprio nome!

Uma Cabra, sentada ao lado do cavalheiro de branco, fechou os olhos e disse bem alto:

— Ela devia saber como ir até o guichê, mesmo que não saiba o abecê!

Havia um Besouro sentado ao lado da Cabra (era um vagão de passageiros estranhíssimos), e como que a regra era cada um ter sua vez de falar, ele continuou com:

— Ela vai ter que voltar despachada como bagagem!

Alice não enxergava quem estava ao lado do Besouro, mas o bicho seguinte já chegou dando coice.

— Hora de trocar de motor... — ele disse, e foi obrigado a se interromper.

★ ★ ★ ★ ★ ★ Lewis Carroll ★ ★ ★ ★ ★ ★

"Parece um cavalo", Alice pensou. E uma voz baixíssima, perto do ouvido dela, falou:

— Dava pra fazer alguma piada com isso... um "cavalo" que só dava "coice", sabe.

Então uma voz bem delicada, ao longe, falou:

— Ela precisa de uma etiqueta que diga "Sexo frágil, manuseie com cuidado", sabe...

E depois disso outras vozes continuaram ("Mas quanta gente que deve ter neste vagão!", pensou Alice), dizendo:

— Ela tem que ir no vagão-restaurante, já que é de carne...

— Ela tem que ir como mensagem, no telégrafo...

— Ela tem que puxar o trem no resto da viagem...

E assim por diante.

Mas o cavalheiro com roupas de papel branco se inclinou para a frente e sussurrou no ouvido dela:

— Nem se importe com o que eles dizem, querida, mas compre uma passagem de ida e volta toda vez que o trem parar.

— Mas não mesmo! — disse Alice um tanto impaciente. — Eu não tenho nada que ficar aqui nesta ferrovia... eu estava num bosque ainda agorinha... e queria era poder voltar pra lá.

— Dava pra fazer uma piada com *isso* — disse a voz baixinha perto do ouvido dela. — Alguma coisa como "só compro se me compraz", sabe.

♥ ♥ **Através do espelho e o que Alice viu por lá** ♥ ♥

— Pare de azucrinar desse jeito — disse Alice, olhando em vão para tentar descobrir de onde vinha a voz. — Se você quer tanto ouvir piada, por que é que *você* não faz uma?

A voz baixinha soltou um suspiro bem fundo; tinha ficado *muito* triste, estava na cara, e Alice teria dito algo carinhoso como consolo, "Se pelo menos ela suspirasse que nem todo mundo!", pensou. Mas era um suspiro tão incrivelmente baixinho que ela mal conseguiria ouvir se não estivesse *tão* perto da sua orelha. A consequência disso tudo é que o som lhe dava arrepios na orelha e a deixava sem vontade nenhuma de pensar na infelicidade da coitadinha daquela criatura.

— Eu sei que você é amiga — a vozinha continuou. — Uma amiga querida, uma velha amiga. E não vai me machucar, apesar de eu ser um inseto.

— Que tipo de inseto? — Alice perguntou um tanto curiosa. O que ela queria mesmo saber era se o bicho tinha ou não tinha ferrão, mas achou que não seria uma pergunta muito educada.

— Como, então você não... — a vozinha ia dizendo, quando foi abafada por um grito agudo vindo da locomotiva, e todos deram um pulo de tão assustados, inclusive Alice.

O Cavalo, que tinha esticado a cabeça para fora da janela, voltou silenciosamente e falou:

— É só um riacho que a gente tem que saltar.

Todos pareceram satisfeitos, embora Alice tenha ficado um pouco nervosa com a mera ideia de um trem dando pulos por aí.

— Por outro lado, com isso a gente chega na Quarta Casa, o que já é algum consolo! — ela disse a si mesma. Em mais um instante sentiu o vagão subir verticalmente no ar, e de tão assustada ela agarrou o que estava mais perto da sua mão, e que por acaso era a barbicha da Cabra.

* * *

Mas pareceu que a barba derreteu quando ela pegou, e Alice se viu sentada bem quietinha embaixo de uma árvore, enquanto o Mosquito (pois era esse o inseto com quem vinha conversando) se equilibrava num galhinho logo acima de sua cabeça, abanando Alice com as asas.

Não havia dúvida de que se tratava de um mosquito *muito* grande: "Mais ou menos do tamanho de uma galinha", Alice pensou. Mas ainda assim não podia ficar nervosa ali com ele, depois de terem conversado tanto.

—... então você não gosta de insetos? — o Mosquito continuou, tranquilo, como se nada tivesse acontecido.

— Eu gosto dos que falam — Alice disse. — Mas eles nunca falam lá no lugar de onde eu venho.

— Com que tipo de insetos você se regozija lá na sua terra? — o Mosquito perguntou.

— Mas eu não me *regozijo* com insetos — Alice explicou —, porque eu tenho um pouco de medo... pelo menos dos maiores. Mas posso lhe dizer o nome de alguns deles.

— É claro que eles respondem quando você diz o nome — o Mosquito comentou sem nem pensar.

— Não que eu saiba.

— Mas pra que serve eles terem nomes — o Mosquito disse —, se não respondem quando você chama?

— Não serve pra *eles* — disse Alice —; mas é útil pras pessoas que deram os nomes, acho. Senão, por que é que as coisas iam ter nome?

— Sei lá — replicou o Mosquito. — Mais longe daqui, ali no bosque, nada tem nome… mas pode ir dizendo a sua lista de insetos; você está perdendo tempo.

— Bom, tem o Bicho-Pau — Alice disse, começando a contar os nomes nos dedos.

— Certo — disse o Mosquito. — Ali bem no meio daquele arbusto você pode ver um Bicho-Palito, se olhar direito. Ele é todo magrinho e fica cutucando as frestas dos galhos.

— E ele vive de quê? — Alice perguntou curiosíssima.

— Seiva e serragem — disse o Mosquito. — Continue com a lista.

Alice olhou interessadíssima para o Bicho-Palito, e decidiu que ele devia ter sido afiado recentemente, de tão pontudo que estava; e então continuou:

— E tem a Libélula.

— Olhe ali no galho que está em cima de você — disse o Mosquito —, e você vai ver uma Lifêiula. O corpo dela é feito de pudim, as asas são de capim, e a cabeça é uma uva-passa flambada.

— E ela vive de quê?

— Mingau e carne moída — o Mosquito replicou —; e faz ninho em pacotes de presente.

— E tem o Tatu-Bolinha — Alice continuou, depois de ter dado uma boa olhada no inseto com a cabeça em chamas e de ter pensado: "Será que é por isso que os insetos gostam tanto de voar pra cima das velas? Porque eles querem virar Lifêiula?".

— Bem aí no chão — disse o Mosquito (Alice levantou os pés assustada) — você pode observar um Tatu-Bolinho.

O corpo dele é frito, as asas são polvilhadas com canela, e a cabeça é um torrão de açúcar.

— E *esse* vive de quê?

— Chá bem fraquinho com leite.

Uma nova dificuldade surgiu na cabeça de Alice.

— E se ele não encontrar chá? — ela sugeriu.

— Aí ele morre, claro.

— Mas isso deve acontecer o tempo todo — Alice comentou preocupada.

— Acontece sempre — disse o Mosquito.

Depois disso, Alice ficou um ou dois minutos calada, refletindo. O Mosquito enquanto isso se divertia zumbindo em torno da cabeça dela. Por fim ele pousou de novo e comentou:

— Imagino que você não queira perder o seu nome.

— Não mesmo — disse Alice um tanto inquieta.

— Se bem que eu não sei — o Mosquito continuou num tom distraído —; só imagine como ia ser conveniente se você conseguisse voltar sem nome pra casa! Por exemplo, se a governanta quisesse te chamar pra estudar, ela ia gritar "Venha já…" e tinha que parar por aí, porque não ia saber que nome dizer, e claro que você não ia precisar obedecer, sabe.

— Isso nunca ia funcionar, é certeza — disse Alice. — A governanta jamais ia me deixar escapar das aulas por uma coisa dessas. Se não lembrasse o meu nome, ela ia me chamar de "Menina!" como faz com os criados.

— Bom, se ela dissesse "Menina" e não dissesse mais nada — o Mosquito comentou —, claro que você ia ter que ninar. Foi uma piada. Que pena que não foi *você* que fez.

— Por que você queria que *eu* tivesse feito a piada? — Alice perguntou. — É bem ruinzinha.

Mas o Mosquito só soltou um suspiro profundo, enquanto duas grossas lágrimas lhe escorriam dos olhos.

— Você não devia fazer piadas — Alice disse —, se isso te deixa tão triste.

Aí veio outro daqueles suspirinhos melancólicos, e dessa vez pareceu mesmo que o pobrezinho do Mosquito tinha soltado seu último suspiro, pois, quando Alice olhou para cima, não se enxergava mais nada no ramo, e como ela estava ficando com frio depois de tanto tempo sentada, levantou e foi andando.

Dali a muito pouco ela chegou a um campo aberto, com um bosque do outro lado: parecia bem mais escuro que o último bosque, e Alice sentiu certo receio de entrar lá. No entanto, pensando melhor, decidiu seguir em frente. "Porque o que eu não posso é *voltar*", ela pensou, e aquele era o único caminho que levava à Oitava Casa.

— Este deve ser o bosque — ela disse pensativa — onde as coisas não têm nome. O que será que vai acontecer com o *meu* nome quando eu entrar? Eu não ia gostar de ficar sem; iam ter que me dar outro, e é quase certeza que ia ser um nome feio! É igualzinho àqueles anúncios, sabe, quando as pessoas perdem um cachorro. "*Responde pelo nome de Rex: estava com uma coleira de latão…*" Só imagine ficar chamando tudo que você via de "Alice", até alguma coisa responder! Só que elas nem iam responder se fossem espertas.

Estava distraída assim quando chegou ao bosque: parecia bem fresco, cheio de sombra.

— Bom, no mínimo já é um alívio — disse enquanto ia caminhando entre as árvores —, depois de passar tanto calor, entrar num… num *o quê*? — ela continuou, bem surpresa por não conseguir lembrar a palavra. — Eu quero dizer a sombra das… a sombra das… a sombra *disso* aqui, sabe! — pondo a mão no tronco de uma árvore. — Como *é* que ela se chama, eu fico pensando. Acho que não tem nome… ora, claro que não tem!

Ficou calada um minuto, pensando; então de repente foi dizendo novamente:

— Então aconteceu *mesmo*, no fim das contas! E agora, quem sou eu? Eu *vou* lembrar, se puder! Estou determinada a lembrar! — Mas estar determinada não foi de grande ajuda, e ela só conseguiu dizer, depois de muito pensar: — L, eu *sei* que começa com L!

Bem nesse momento um Gamo veio passando: ele olhou para Alice com seus grandes olhos bondosos, mas não pareceu nada assustado.

— Vem aqui! Vem aqui! — Alice disse, estendendo a mão e tentando fazer carinho nele; mas ele apenas se afastou um pouco, e então ficou de novo olhando para ela.

— Como é que você se chama? — o Gamo acabou dizendo. E que voz mais linda e agradável ele tinha!

— Quem me dera saber! — pensou a pobre Alice. Ela respondeu, bem triste: — Não tenho nome, neste momento.

— Pense melhor — ele disse. — Assim não pode ficar.

Alice pensou, mas não conseguiu.

— Por favor, você me diria como *você* se chama? — ela disse tímida. — Acho que isso podia ajudar um pouquinho.

— Eu te digo se você der um passo mais pra lá — o Gamo falou. — Aqui eu não lembro.

Então eles caminharam juntos pelo bosque, Alice com os braços afetuosamente postos em volta do pescoço macio do Gamo, até que chegaram a outro campo aberto, e aqui o Gamo de repente deu um salto no ar e se soltou dos braços de Alice.

— Eu sou um Gamo! — ele gritou encantado. — E, céus! Você é uma criança humana!

Um súbito medo tomou seus lindos olhos negros, e num instante ele desapareceu a toda a velocidade.

Alice ficou parada olhando, quase prestes a chorar de aborrecimento por ter perdido seu querido companheiro de viagem assim tão de repente.

— Mas agora eu sei o meu nome — ela disse —, isso já compensa *alguma* coisa. Alice... Alice... Não vou esquecer de novo. E agora, qual dessas placas será que eu devo seguir?

Não era uma pergunta muito difícil, já que só havia um caminho que cortava o bosque, e as duas placas apontavam para ele.

— Eu decido — Alice disse — quando o caminho se dividir e elas apontarem cada uma pra um lado.

Mas não parecia que isso fosse acontecer. Ela andou, andou e andou, e toda vez que o caminho se dividia, ela podia contar que apareceriam duas placas apontando na mesma direção, uma que dizia PARA A CASA DE TWEEDLEDUM e a outra, PARA A CASA DE TWEEDLEDEE.

— O que eu acho — Alice acabou dizendo — é que eles moram na mesma casa! Por que será que eu não tinha pensado nisso... Mas não posso ficar muito tempo. Vou só dar um "oi" e perguntar como sair do bosque. Eu queria era chegar à Oitava Casa antes de escurecer! — Então foi andando, conversando sozinha, até que, ao fazer uma curva fechada, deu de cara com dois gordinhos, e tão de repente que não pôde evitar um passo assustado para trás; mas ela se recuperou num instante, pois quem é que estava ali?

Capítulo IV

Tweedledum & Tweedledee

Estavam embaixo de uma árvore, cada um com o braço no ombro do outro, e Alice soube imediatamente qual era qual, porque um tinha um colarinho em que estava bordado DUM, e o outro, DEE.

— Atrás deve estar escrito TWEEDLE no colarinho de cada um — ela disse a si mesma.

Os dois continuaram tão parados que ela quase esqueceu que estavam vivos, e ia só procurando ver a palavra TWEEDLE escrita na parte de trás dos colarinhos, quando tomou um susto com uma voz que saiu daquele que estava marcado como DUM.

— Se você acha que nós somos estátuas de cera — ele disse —, devia pagar, sabe. Ninguém faz estátuas de cera pras pessoas ficarem olhando de graça, núncaras!

— Inversamente — acrescentou aquele que estava marcado como DEE —, se acha que nós estamos vivos, devia falar com a gente.

— Eu lamento muito mesmo — foi a única coisa que Alice conseguiu dizer; pois as palavras de um poema antigo ficavam ecoando na sua cabeça como as batidas de um relógio, e ela estava quase a ponto de dizer o poema em voz alta:

Tweedledum e Tweedledee
Querem sair no malho,
Pois DUM disse que o mano DEE
Quebrou o seu chocalho.

Mas surge um corvo monstruoso,
Escuro igual mortalha;
E com o susto pavoroso,
Esquecem a batalha.

— Eu sei no que você está pensando — disse Tweedledum —; mas não é assim, núncaras.

— Inversamente — continuou Tweedledee —, se fosse assim, podia ser; se for assim, seria; mas como não seja, não será. Questão de lógica.

— Eu estava pensando — Alice disse bem-educadinha — qual o melhor caminho pra sair deste bosque; está ficando tão escuro. Vocês podiam me dizer, por favor?

Mas os homenzinhos só se olharam, e sorriram.

Lembravam tanto dois aluninhos muito crescidos, que Alice não conseguiu se conter; apontou o dedo para Tweedledum e disse:

— Primeiro da Turma!

— Núncaras! — Tweedledum gritou rispidamente, e fechou de novo a boca fazendo até barulho.

— Segundo da Turma! — disse Alice, passando para Tweedledee, embora estivesse quase certa de que ele iria apenas gritar "Inversamente!", e ele gritou mesmo.

— Você errou! — gritou Tweedledum. — A primeira coisa numa visita é dizer "Como vai?" e apertar a mão das pessoas! — E aqui os dois irmãos se abraçaram, e então estenderam as mãos que estavam livres para apertar as de Alice.

Alice não queria apertar a mão nem de um nem de outro primeiro, de medo de magoar algum deles; então, tentando a melhor saída para essa dificuldade, decidiu segurar as duas mãos ao mesmo tempo, e no instante seguinte eles já estavam todos dançando em roda. Isso pareceu bem natural (ela lembrou depois), e nem a música que começou a ouvir lhe pareceu surpreendente: parecia vir da árvore que eles contornavam enquanto dançavam, e era produzida (até onde ela pôde entender) pelos galhos que se esfregavam uns nos outros, como arcos de violino.

— Mas que *foi* divertido, lá isso foi — (Alice disse depois, quando contava essa história toda para a irmã) — me ver cantando "À roda da amoreira". Não sei quando foi que eu comecei, mas parecia que eu estava cantando desde sempre!

Os outros dois dançarinos eram gordos, e logo ficaram sem fôlego.

— Quatro voltas já é demais pra uma dança — Tweedledum disse sem ar, e eles pararam de dançar tão subitamente quanto tinham começado: a música cessou no mesmo momento.

Então eles soltaram as mãos de Alice e ficaram um minuto olhando para ela: houve uma pausa meio sem graça, já que Alice não sabia como começar uma conversa com pessoas com quem até pouco antes estava dançando. "Não ia adiantar dizer 'Como vai?' *agora*", ela pensou; "parece que a gente já passou desse ponto!"

— Espero que vocês não estejam muito cansados — ela acabou dizendo.

— Núncaras. E *muitíssimo* obrigado por perguntar — disse Tweedledum.

— Ficamos *gratíssimos*! — acrescentou Tweedledee. — Você gosta de poesia?

— Go-osto, bastante… de *alguns* poemas — Alice disse insegura. — Vocês podem me dizer qual caminho é a saída do bosque?

— O que eu recito pra ela? — disse Tweedledee, olhando para Tweedledum com olhos solenes bem abertos, sem nem perceber a pergunta de Alice.

— "A Morsa e o Carpinteiro" é o mais comprido — Tweedledum replicou, dando um abraço carinhoso no irmão.

Tweedledee começou imediatamente:

O sol brilhava…

Aqui Alice ousou interromper.

— Se é *muito* comprido — ela disse com toda a educação possível —, será que primeiro vocês não querem me dizer qual caminho…

Tweedledee sorriu bondoso e começou de novo:

O sol brilhava sobre o mar
Com força redobrada:
No esforço de manter a água
Tranquila e iluminada —
O que era estranho àquela hora
De plena madrugada.

A lua estava jururu —
O sol não poderia
Estar no céu, pensava ela,
Depois do fim do dia —
"Chegar assim, sem avisar,
É muita grosseria!"

O mar estava bem molhado,
A areia, toda enxuta.
No céu não via-se uma nuvem,
Pequena ou diminuta:
Sem passarinhos pelo ar,
Nem mesmo um pio se escuta.

A Morsa e o Carpinteiro estavam
Andando no local;
Choravam muito ao contemplar
A vista do areal:
"Tirar isso daqui", diziam,
"Seria genial!"

"Em sete meses, sete moças,
Varrendo sem parar,
Conseguiriam", disse a Morsa,
"Chegar a esvaziar?"
"Duvido", disse o Carpinteiro,
Chorando com pesar.

"Ó, ostras, venham, caminhemos!",
A Morsa disse então.
"No sal da areia, quem passeia,
Tem grande diversão:
Mas só podemos levar quatro
Pegando pela mão."

A velha Ostra olhou a Morsa,
Calada, nem falava:
A velha Ostra então piscou,
Num gesto que negava
Dizia assim que preferia
Ficar bem onde estava.

★ ★ ★ ★ ★ ★ Lewis Carroll ★ ★ ★ ★ ★ ★

Mas quatro ostrinhas aceitaram
Com toda a boa-fé:
Vestindo roupas elegantes,
Sapatos sem chulé —
O que era estranho, convenhamos,
Pois ostra nem tem pé.

Mais outras ostras imitaram
As quatro originais;
De quatro em quatro, multidões,
E mais, e mais, e mais...
Saltando as ondas espumantes
E rumo aos areais.

A Morsa e o Carpinteiro então
Andaram bom pedaço,
Sentaram numa pedra baixa
Para evitar cansaço:
E a fila de ostras se estendeu
Por todo aquele espaço.

"Chegou a hora", disse a Morsa,
"De tudo mencionar:
Sapatos, barcos, cera, velas,
Repolhos, reis e o lar
Por que o oceano está fervendo?
E porcos vão voar?"

"Espere", as ostras exclamaram,
"Precisa tanta pressa?
Tem gente aqui que está sem ar,
E gente gorda à beça!"
"Tranquilo!", disse o Carpinteiro.
Gostaram da promessa.

"Por este pão", a Morsa disse,
"Sou muito agradecida:
Pimenta e um pouco de vinagre
São a melhor pedida —
Queridas, se estiverem prontas,
É hora da comida."

"Mas não a gente!", amedrontada,
A fila então reclama:
"Depois de tanta gentileza,
Seria um melodrama!"
"Que noite linda", disse a Morsa.
"Que belo panorama...

Bondade sua vir conosco!
Mas que satisfação!"
O Carpinteiro disse apenas:
"Preciso de mais pão;
Você parece até que é surda —
Eu peço sempre em vão!"

"Um golpe desses", disse a Morsa,
"Até parece errado,
Depois de andarem tanto assim,
E em passo acelerado!"
O Carpinteiro disse apenas:
"Menos amanteigado!"

"Eu sinto muito", disse a Morsa.
"Meu pranto é sem tamanho."
E, soluçando, separava
A elite do rebanho.
E o lenço que levava aos olhos
Tomava um belo banho.

"Ó, Ostras", disse o Carpinteiro.
"Foi boa essa jornada!
Quem para casa há de voltar?"
Mas não disseram nada —
O que não era estranho, pois
A fila foi jantada.

— Eu gostei mais da Morsa — disse Alice —; porque pelo menos ela ficou com um *pouco* de pena das coitadinhas das ostras.

— Mas ela comeu mais que o carpinteiro — disse Tweedledee. — Porque ela ficou com o lenço na frente do rosto, mas foi pro Carpinteiro não ver quantas ela comia: inversamente.

— Que maldade! — disse Alice indignada. — Então eu gostei mais do Carpinteiro, se ele não comeu tanto quanto a Morsa.

— Mas ele comeu tudo que pôde — disse Tweedledum.

Assim a coisa ficava confusa. Depois de uma pausa, Alice foi dizendo:

— Bom! Eram dois personagens *bem* desagradáveis... — Aqui ela se deteve assustada, com um ruído que, aos seus ouvidos, parecia o resfolegar de uma locomotiva bem grande no bosque ali ao lado, embora ela receasse que fosse apenas um animal selvagem.

— Por acaso aqui tem tigres ou leões? — perguntou com timidez.

— É só o Rei Vermelho roncando — disse Tweedledee.

— Venha dar uma espiada! — os irmãos gritaram, e cada um deles segurou uma das mãos de Alice para levá-la até onde o Rei estava dormindo.

— Ele não é uma coisa *linda* de ver? — disse Tweedledum.

♥ ♥ **Através do espelho e o que Alice viu por lá** ♥ ♥

Alice não podia concordar com isso. Ele usava um gorro vermelho de dormir, bem alto, com uma borla, e estava deitado que nem um trapo no chão, roncando bem alto.

— Parece que vai rachar a cabeça de tanto roncar! — como comentou Tweedledum.

— Tomara que ele não pegue um resfriado deitado desse jeito na grama úmida — disse Alice, que era uma menininha muito atenciosa.

— Agora ele está sonhando — disse Tweedledee —; e com que você acha que ele está sonhando?

Alice disse:

— Isso ninguém pode saber.

— Ora, é com *você*! — Tweedledee exclamou, batendo palmas triunfante. — E se ele parasse de sonhar com você, onde é que você acha que você ia estar?

— Onde eu estou agora, é claro — disse Alice.

— Não você! — Tweedledee respondeu cheio de desdém. — Você não estaria em lugar nenhum. Ora, você é só uma coisa de um sonho dele!

— Se aquele Rei acolá acordasse — acrescentou Tweedledum —, você ia apagar, bum! igualzinho a uma vela!

— Não ia não! — Alice exclamou indignada. — Além do mais, se *eu* sou só uma coisa num sonho dele, o que é que são *vocês*, por acaso?

— Idem — disse Tweedledum.

— Idem, ibidem — gritou Tweedledee.

Ele gritou isso tão alto que Alice não conseguiu se conter e disse:

— Silêncio! Vocês vão acabar acordando o Rei com essa barulheira.

— Bom, não adianta nada *você* ficar falando de acordar o Rei — disse Tweedledum —, se você é só uma coisa de um sonho dele. Você sabe muito bem que não é de verdade.

— Eu *sou* de verdade! — disse Alice, e começou a chorar.

— Você não aumenta nada a sua verdadação se ficar chorando — Tweedledee comentou. — Não tem por que chorar.

— Se eu não fosse de verdade — Alice disse, quase rindo entre as lágrimas, de tão ridículo que aquilo tudo parecia —, eu não ia conseguir chorar.

— Espero que você não esteja achando que essas lágrimas são de verdade! — Tweedledum interrompeu com uma voz cheia de desprezo.

"Eu sei que eles estão dizendo bobagem", Alice ia pensando; "e que é tolice ficar chorando por isso." Então enxugou as lágrimas e continuou falando o mais animada que pôde.

— Mas, enfim, é melhor eu ir saindo aqui do bosque, porque já está ficando bem escuro. Vocês acham que vai chover?

Tweedledum abriu um grande guarda-chuva que cobriu os dois irmãos e olhou para dentro dele.

— Não, acho que não — ele disse —; pelo menos... não *aqui* embaixo. Núncaras.

— Mas será que *lá fora* chove?

— Pode ser... se o lá-fora quiser, ele chove — disse Tweedledee —; por nós tudo bem. Inversamente.

— Quanto egoísmo! — pensou Alice, que já ia dizendo "Boa noite" e se despedindo deles, quando Tweedledum saltou da sombra do guarda-chuva e agarrou o seu pulso.

— Está vendo aquilo ali? — ele disse com uma voz embargada de emoção, e num instante seus olhos ficaram imensos e amarelos, enquanto ele apontava com um dedo trêmulo para uma coisinha branca largada ao pé de uma árvore.

— É só um chocalho — disse Alice depois de um detido exame da coisinha em questão. — Não é nem o chocalho de uma *cascavel*, sabe — acrescentou apressada, achando que ele estava com medo —; só um chocalhinho comum... bem velho e todo quebrado.

— Eu sabia! — gritou Tweedledum, começando a bater os pés enfurecido e arrancando os cabelos. — Estragou, claro! — Aqui ele olhou para Tweedledee, que imediatamente sentou no chão e tentou se esconder embaixo do guarda-chuva.

Alice pôs a mão no braço dele e disse num tom tranquilo:

— Não precisa ficar tão bravo por causa de um chocalho velho.

— Mas não é velho! — Tweedledum gritou, ainda mais furioso. — É novinho, acredite em mim, eu comprei ontem... meu belo chocalho NOVO! — e sua voz se transformou totalmente num grito.

Enquanto isso Tweedledee ia tentando fazer o que podia para fechar o guarda-chuva, sem sair de lá de dentro. Era uma coisa tão bizarra que Alice até se distraiu do irmão raivoso. Mas ele não conseguia direito, e aquilo acabou com ele rolando, embolado com o guarda-chuva, só com a cabeça aparecendo: e lá ficou ele, abrindo e fechando a boca e os olhos imensos — "Parecendo mais peixe que gente", Alice pensou.

— Claro que você aceita uma batalha — Tweedledum disse com uma voz mais calma.

— Acho que sim — o outro replicou enfezado, enquanto ia saindo de dentro do guarda-chuva. — Só que *ela* precisa ajudar a gente a se vestir, sabe.

Então os dois irmãos foram de mãos dadas para o bosque, e voltaram num minutinho carregando um monte de coisas — como almofadas, mantas, capachos, toalhas de mesa, bandejas e pás de carvão.

— Imagino que você seja boa de prender pinos e amarrar coisas — Tweedledum comentou. — Tudinho aqui tem que ser usado, de um jeito ou de outro.

Alice mais tarde disse que nunca tinha visto tanta cena por causa de uma coisa só — o jeito dos dois ficarem correndo pra lá e pra cá, e a quantidade de coisas que foram vestindo, e o quanto insistiam para ela amarrar cordinhas e fechar botões.

— Sério, eles vão ficar é parecendo uma pilha de roupas quando terminarem de se preparar! — ela dizia, enquanto prendia uma almofada ao pescoço de Tweedledee, "pra evitar que lhe cortassem a cabeça", como ele disse.

— Sabe — ele acrescentou com muita seriedade —, é uma das coisas mais graves que podem acontecer com quem entra numa batalha: perder a cabeça.

Alice riu alto, mas conseguiu transformar a risada numa tosse, de medo de magoar o coitado.

— Eu estou muito pálido? — disse Tweedledum, se aproximando para ela amarrar seu elmo. (Ele *chamava* aquilo de elmo, embora parecesse muito mais uma caçarola.)

— Bom... sim... um *pouco* — Alice replicou delicadamente.

— Via de regra eu sou muito corajoso — ele continuou numa voz baixa —; só que hoje acontece que eu estou com dor de cabeça.

— E *eu* com dor de dente! — disse Tweedledee, que tinha entreouvido o comentário. — Eu estou bem pior que você!

— Então é melhor vocês não lutarem hoje — disse Alice, achando que se tratava de uma boa oportunidade para trazer a paz.

— Nós *temos* que lutar um pouquinho, mas por mim não precisa demorar muito não — disse Tweedledum. — Que horas são agora?

Tweedledee olhou seu relógio e disse:

— Quatro e meia.

— Vamos lutar até as seis, aí a gente janta — disse Tweedledum.

— Perfeito — o outro disse um tanto triste —; e *ela* pode assistir a luta... só que é melhor você não chegar *muito* perto — acrescentou. — Via de regra eu acerto tudo que passa pela minha frente... quando eu me empolgo.

— E *eu* acerto tudo que eu alcanço — gritou Tweedledum —, passe ou não passe pela minha frente!

Alice riu.

— Então você deve acertar muito as *árvores* — ela disse.

Tweedledum olhou em torno com um sorriso satisfeito.

— Pois eu acho — ele disse — que não vai sobrar árvore de pé, por tudo isso aqui, quando a gente acabar a luta!

— E tudo por causa de um chocalho! — disse Alice, ainda torcendo para eles ficarem com *um pouco* de vergonha por lutarem por uma coisinha à toa.

— Eu não ia ter dado tanta importância — disse Tweedledum —, se não fosse novinho.

"Quem me dera o corvo monstruoso aparecesse!", pensou Alice.

— Só tem uma espada, sabe — Tweedledum disse ao irmão —, mas pode pegar o guarda-chuva, que é bem pontudo. Só que é melhor a gente ir começando. Está ficando escuríssimo.

— Escurissíssimo — repetiu Tweedledee.

Estava escurecendo tão rápido que Alice pensou que devia ser uma tempestade chegando.

— Que nuvem negra pesada! — ela disse. — E como está vindo rápido! Ora, acho que ela deve ter asas!

— É o corvo! — Tweedledum gritou esganiçado, de tanto medo; e os dois irmãos saíram em disparada e num instante desapareceram.

Alice correu até entrar um pouco no bosque e parou embaixo de uma grande árvore. "*Aqui* ele não vai conseguir me pegar", pensou; "ele é grande demais pra se espremer por entre as árvores. Mas eu queria que ele não ficasse batendo as asas desse jeito — faz um furacão aqui no bosque... olha lá o xale de alguém voando!"

Capítulo V

Lã e água

Ela pegou o xale enquanto falava e ficou procurando a dona: num instante surgiu a Rainha Branca, correndo alucinada pelo bosque, com os dois braços bem abertos, como se estivesse voando, e Alice bem-educadinha foi até ela com o xale.

— Que bom que eu estava aqui — Alice disse, enquanto a ajudava a pôr de novo o xale.

A Rainha Branca apenas olhava para ela de um jeito perdido, assustado, e ficava repetindo num sussurro algo que soava como "pão com manteiga, pão com manteiga", e Alice sentiu que, se quisesse conversar, teria que tomar a iniciativa. Então começou com certa timidez:

— Tenho a honra de interpelar a Rainha Branca?

— Se você chama isso de inter-pelar — a Rainha disse. — Para mim é exatamente o contrário.

Alice achou que seria uma péssima ideia começar a conversa com uma discussão, então sorriu e disse:

— Se Vossa Majestade me disser o que solicita, eu vou fazer o melhor que puder.

— Mas eu nem solicito! — gemeu a pobre Rainha. — Eu sei me pelar, me despelar e me interpelar sozinha se quiser!

Seria muito melhor, Alice pensou, se ela tivesse outra pessoa pra ajudar com as roupas, porque estava um desmazelo só. "Está tudinho torto", Alice pensou, "e ela está cheia de alfinetes!"

— Posso ajeitar o seu xale? — acrescentou em voz alta.

— Não sei o que deu nesse xale! — a Rainha disse num tom melancólico. — Acho que está de mau humor. Eu pus um alfinete aqui, pus outro acolá, e o camarada não para quieto!

— Não *tem* como ficar certo, sabe, se você prender tudo de um lado só — Alice disse, enquanto ajeitava o xale com delicadeza. — E, céus, olha o estado do seu cabelo!

— A escova ficou presa aí dentro! — a Rainha disse com um suspiro. — E eu perdi o pente ontem.

Alice soltou a escova com cuidado e fez o que podia para ajeitar o cabelo dela.

— Mas agora já está bem melhor! — ela disse, depois de rearranjar quase todos os grampos. — Veja só, a senhora precisava mesmo de uma criada!

— Mas é claro que eu te aceito! — a Rainha disse. — Dois tostões e dez tostadas por semana, e geleia a cada dois dias.

Alice não conseguiu conter uma risada quando disse:

— Eu não quero ser *contratada*... e eu nem gosto de geleia.

— A geleia é excelente — disse a Rainha.

— Bom, mas eu não quero, pelo menos não *hoje*.

— Mas você não ia ganhar, nem se *quisesse* — a Rainha disse. — A regra é geleia a cada dois dias. Nunca num dia só.

— Mas *precisa* ser dia de geleia, de vez em quando — Alice objetou.

— Não precisa não — disse a Rainha. — É geleia a cada *dois dias*; *hoje* é sempre *um dia*, sabe.

— Eu não entendo a senhora — disse Alice. — É uma confusão imensa!

— É o que acontece quando você vive de trás pra frente — a Rainha disse com bondade. — De início você sempre fica meio tonta...

— Vive de trás pra frente! — Alice repetiu espantadíssima. — Mas disso eu nunca ouvi falar!

—... só que tem uma imensa vantagem, que a nossa memória funciona nos dois sentidos.

— Eu tenho certeza de que a *minha* só funciona num sentido — Alice comentou. — Não lembro das coisas antes de elas acontecerem.

— Uma memória que só anda pra trás não é lá grande coisa — a Rainha comentou.

— Que tipo de coisa a *senhora* lembra mais? — Alice arriscou perguntar.

— Ah, coisas que aconteceram daqui a duas semanas — a Rainha replicou sem nem pensar no assunto. — Por exemplo, agora — ela continuou, pondo um curativo bem grande no dedo enquanto falava —, veja o caso do Mensageiro do Rei. Ele está preso agora, como punição; e o julgamento só vai começar quarta-feira que vem; e claro que o crime vai ser a última coisa.

— Mas e se ele nem cometer o crime? — disse Alice.

— Melhor ainda, não é mesmo? — a Rainha disse, enquanto prendia o curativo no dedo com um pedaço de fita.

Alice achou que *isso* não podia ser contestado.

— Claro que seria melhor — ela disse —; mas ele cumprir a punição é que não seria o melhor.

— Quanto a *isso*, você está errada — disse a Rainha. — Por acaso *você* já sofreu alguma punição?

— Só quando fiz alguma coisa errada — disse Alice.

— E você ficou bem melhor depois, que eu sei! — a Rainha disse triunfante.

— Sim, mas é que eu *tinha* feito as coisas que deram naquela punição — insistiu Alice. — Faz toda a diferença.

— Mas se você *não* tivesse feito — a Rainha disse —, teria sido ainda melhor; melhor, melhor, melhor! — A voz dela foi ficando mais aguda a cada vez que dizia a palavra "melhor", até acabar quase num ganido.

Alice estava começando a dizer "Alguma coisa está errada aí…", quando a Rainha começou a berrar tão alto que ela teve que deixar a frase pela metade.

— Ah, ah, ah! — gritava a Rainha, sacudindo a mão como se quisesse se livrar dela. — Meu dedo está sangrando! Ah, ah, ah, ah!

Os gritos dela eram tão exatamente iguais ao apito de uma locomotiva que Alice teve que tapar os dois ouvidos com as mãos.

— O que *aconteceu*? — ela disse, assim que pôde se fazer ouvir. — A senhora espetou o dedo?

— *Ainda* não — a Rainha disse —, mas vai ser daqui a pouco… ah, ah, ah!

— Quando é que deve ser? — Alice perguntou, sentindo-se muito inclinada a rir.

— Quando eu for prender o xale de novo — a pobre Rainha gemeu. — O broche vai abrir daqui a pouquinho. Ah, ah! — No que ela dizia isso, o broche se abriu, e a Rainha tentou fechar toda desajeitada.

— Cuidado! — gritou Alice. — A senhora está segurando errado! — E tentou pegar o broche; mas era tarde demais: o alfinete tinha saltado, e a Rainha espetou o dedo.

— O que explica o sangramento, sabe — ela disse a Alice com um sorriso. — Agora você pode entender como as coisas acontecem por aqui.

— Mas por que a senhora não está gritando agora? — Alice perguntou, com as mãos prontas a tapar de novo as orelhas.

— Ora, eu já gritei tudo que tinha que gritar — disse a Rainha. — Passar por aquilo tudo de novo não ia servir pra nada.

A essa altura estava ficando mais claro.

— O corvo deve ter ido embora, acho eu — disse Alice. — Eu fico bem contente. Achei que era a noite chegando.

— Como *eu* queria poder ficar contente! — a Rainha disse. — Só que eu nunca lembro a regra. Você deve ser uma pessoa muito feliz, morando aqui neste bosque e ficando contente quando te dá na veneta!

— Só que aqui não tem *ninguém*! — Alice disse num tom melancólico; e ao se ver tão sozinha, ela chorou duas grandes lágrimas.

— Ah, não faça assim! — gritou a pobre Rainha, torcendo as mãos sem saber o que fazer. — Pense como você é uma menina excelente. Pense no quanto você já andou hoje. Pense que horas são. Pense qualquer coisa, mas não chore!

Alice teve que rir disso, mesmo chorando.

— E a *senhora* consegue parar de chorar quando pensa alguma coisa? — perguntou.

— Mas é assim que se faz — a Rainha disse sem sombra de dúvida. — Ninguém consegue fazer duas coisas ao mesmo tempo, sabe. Vamos pensar na sua idade, pra começo de conversa… quantos anos você tem?

— Eu estou com exatamente sete anos e meio.

— Não precisa dizer "exatualmente" — a Rainha comentou. — Eu sei que você está falando de agora. Mas deixa eu dar uma coisa pra *você* acreditar. Eu tenho apenas cento e um anos, cinco meses e um dia.

— Eu *não* consigo acreditar! — disse Alice.

— Não mesmo? — a Rainha disse, sentindo pena dela. — Tente de novo: respire bem fundo e feche os olhos.

Alice riu.

— Nem adianta tentar — ela disse —; não dá pra acreditar numa coisa impossível.

— Eu diria então que você não deve ter muita prática — disse a Rainha. — Quando eu era da sua idade, eu sempre treinava meia hora por dia. Ora, eu já cheguei a acreditar em até seis coisas impossíveis antes do café da manhã. E lá se vai o xale de novo!

O broche se abriu enquanto ela falava, e uma repentina rajada de vento fez o xale da Rainha voar para o outro lado de um riacho. A Rainha abriu de novo os braços e saiu voando atrás do xale, e dessa vez conseguiu pegar sozinha.

— Consegui! — gritou num tom triunfante. — Agora você vai ver como é que eu prendo de novo, sozinha!

— Então o seu dedo já está melhor agora? — Alice disse bem-educadinha, enquanto também atravessava o riacho.

* * *

— Ah, bem melhor! — gritou a Rainha, sua voz ficando esganiçada a cada palavra. — Bem me-elhor! Me-elhor! Me-e-e-elhor! Me-e-é-ééé! — Essa sílaba terminou num longo balido, tão parecido com o de uma ovelha que Alice até tomou um susto.

Ela olhou para a Rainha, que de repente parecia ter se enrolado numa peça de lã. Alice esfregou os olhos e olhou de novo. Não conseguia nem entender o que tinha acontecido. Ela estava numa loja, por acaso? E havia uma *ovelha* do lado de lá do balcão? Por mais que esfregasse, não conseguia enxergar melhor: estava numa lojinha escura, com os cotovelos apoiados no balcão, e diante dela havia uma velha Ovelha, sentada numa cadeira de balanço, fazendo tricô, e de vez em quando lançando-lhe um olhar através de uns óculos grandões.

— O que é que você quer comprar? — a Ovelha finalmente disse, erguendo os olhos do tricô por um momento.

— Ainda não decidi — Alice falou, bem delicadamente. — Primeiro eu queria dar uma olhada por tudo, se não for problema.

— Você pode olhar pra frente e pros lados, se quiser — disse a Ovelha —; mas não pode olhar *por tudo*... a não ser que tenha olhos na nuca.

E isso, de fato, Alice *não* tinha: então ela se contentou com uma voltinha pelas prateleiras, olhando cada uma ao passar.

A loja parecia estar cheia de todo tipo de coisa curiosa — mas a parte mais estranha de todas era que toda vez que ela olhava bem uma prateleira, para entender exatamente o que tinha ali, aquela prateleira estava sempre vazia: apesar de as outras logo ao lado estarem lotadíssimas.

— As coisas não param quietas aqui! — ela disse finalmente em tom de reclamação, depois de ter passado cerca de um minuto perseguindo uma coisa grande e brilhante, que parecia às vezes uma boneca e às vezes uma cesta de costura, e que estava sempre na prateleira acima da que ela olhava. — E essa é a mais tentadora de todas... mas, quer saber? — ela acrescentou, quando de repente teve uma ideia. — Eu vou atrás dela até a prateleira mais alta de todas. Aí ela vai ficar sem poder sair pelo telhado, acho eu!

Mas esse plano também fracassou: a "coisa" atravessou o telhado sem nem pensar no assunto, como se estivesse mais que acostumada com isso.

— Você é criança ou pião? — a Ovelha perguntou, enquanto pegava outro par de agulhas. — Vai acabar me deixando tonta se ficar girando desse jeito. — Ela agora trabalhava com catorze pares ao mesmo tempo, e Alice não conseguia evitar o espanto ao olhar para ela.

"Como é que ela *consegue* tricotar com tanta agulha assim?", a criança intrigada ia pensando. "Ela está ficando cada vez mais parecida com um porco-espinho!"

— Você sabe remar? — a Ovelha perguntou, enquanto lhe passava um par de agulhas de tricô.

— Sei, um pouquinho... mas não em terra... e não com agulha... — Alice ia começando a dizer, quando de repente as agulhas viraram remos em suas mãos, e ela percebeu que estavam num barquinho, deslizando entre as margens de um rio: então sua única opção era remar o quanto pudesse.

— Empena! — gritou a Ovelha, pegando mais um par de agulhas.

Não parecia um comentário que precisasse de resposta, então Alice ficou calada, mas se afastou. Havia algo muito estranho na água, pensou, já que de vez em quando os remos ficavam presos, e não saíam de novo.

— Empena! Empena! — a Ovelha gritava de novo, pegando mais agulhas. — E boca de siri!

" Onde?", pensou Alice. "Eu acho siri tão bonitinho."

— Você não me ouviu dizer "Empena"? — a Ovelha gritou furiosa, pegando um monte de agulhas.

— Ouvi sim — disse Alice —; você disse várias vezes... e bem alto. Por favor, *cadê* os siris?

— Na água, claro! — disse a Ovelha, espetando umas agulhas no pelo, já que não conseguia segurar mais nenhuma. — Empena, já!

— *Por que* você fica dizendo "empena"? — Alice acabou perguntando, um tanto constrangida. — Eu não sou de madeira!

— É sim — disse a Ovelha —; você é uma porta.

Isso deixou Alice um pouco ofendida, então a conversa parou por um minuto ou dois, enquanto o barco singrava tranquilo, por vezes entre muitas plantas (o que fazia os remos ficarem presos na água, mais que nunca) e por vezes sob as árvores, mas sempre com as mesmas ribanceiras bem altas e ameaçadoras ao lado delas.

— Ah, por favor! Tem umas canas cheirosas ali! — Alice gritou de repente empolgadíssima. — Tem muitas... e *tão* lindinhas!

— Você não precisa *me* pedir "por favor" por causa "delas" — a Ovelha disse, sem nem erguer os olhos do tricô. — Não fui eu que pus *elas* ali, e não vou tirar *elas* dali.

— Não, mas é que... por favor, será que a gente pode colher um pouco? — Alice pediu. — Se a senhora não achar ruim parar o barco um minutinho.

— E como é que *eu* vou parar o barco? — disse a Ovelha. — Se você parar de remar, ele para sozinho.

Então o barco ficou à deriva rio abaixo, até entrar lentamente no meio dos juncos. E então as manguinhas foram arregaçadas com cuidado, e os bracinhos mergulhados até o cotovelo para pegar as canas bem lá embaixo antes de arrancar, e por um momento Alice nem pensou na Ovelha e no tricô, ali dobrada por sobre a amurada do barco, com as pontinhas do cabelo embaraçado tocando a água — enquanto ia pegando, com olhos brilhando de felicidade, maços e mais maços daquelas plantas que adorava.

— Tomara que o barco não vire! — ela disse a si mesma. — Ah, *esta* é linda demais! Só que não deu pra eu alcançar.

E estava *mesmo* parecendo bem tentador ("Quase como se tivesse acontecido de propósito", pensou) o fato de que, apesar de ela ter conseguido pegar várias canas bem bonitas enquanto o barco ia passando, havia sempre uma mais linda que não conseguia alcançar.

— As mais lindas ficam sempre mais longe! — ela acabou dizendo, com um suspiro provocado pela teimosia dos juncos, que insistiam em crescer tão longe, enquanto, com o rosto corado e o cabelo e as mãos pingando, voltou para o seu lugar e começou a arrumar seus mais novos tesouros.

Que diferença fazia para ela naquele momento que os juncos tinham começado a murchar e perder todo o cheiro e a beleza, no exato momento em que foram colhidos? Mesmo as canas cheirosas de verdade, como você sabe, duram muito pouco — e aquelas, que eram apenas canas de sonho, derreteram quase como neve, ali amontoadas aos seus pés —, mas Alice mal se deu conta, já que havia tantas outras coisas curiosas em sua cabeça.

Não tinham se afastado muito quando a pá de um dos remos travou na água e *não saía* mais (foi como Alice explicou depois), e a consequência foi que o cabo lhe bateu no queixo e, apesar de uma série de gritinhos de "Ai, ai, ai!" da pobre Alice, ela acabou sendo arrancada do banco e jogada sobre a pilha de juncos.

Só que não se machucou, e logo estava de pé novamente; a Ovelha enquanto isso não parou de tricotar, bem como se nada tivesse acontecido.

— Não adianta ai-ai-ai: boca de siri! — ela comentou, enquanto Alice voltava ao seu lugar, aliviadíssima por ainda estar dentro do barco.

— Onde? Eu não vi — disse Alice, espiando com cuidado por sobre a amurada do barco, para ver a água escura. — Que pena que eu não vi... queria levar um sirizinho pra casa! — Mas a Ovelha só riu com desdém, e continuou tricotando.

— Tem muito siri por aqui? — disse Alice.

— Siris, e todo tipo de coisas — disse a Ovelha —; um sortimento bem grande, é só você se decidir. Então, quer comprar *o quê*?

— Comprar! — Alice ecoou num tom que era metade espanto e metade medo, pois os remos, e o barco, e o rio tinham desaparecido num instante, e ela estava de novo na lojinha escura.

— Eu queria comprar um ovo, por favor — ela disse tímida. — Quanto custa?

— Cinco tostões cada. Dois tostões por um par — a Ovelha replicou.

— Então dois ovos custam menos que um? — Alice disse num tom de surpresa, pegando sua bolsa de moedas.

— Só que você *tem* que comer os dois, se comprar dois — disse a Ovelha.

— Então eu vou querer *um*, por favor — disse Alice, pondo o dinheiro no balcão. Pois pensou: "Pode ser que não sejam tão bons, sabe".

A Ovelha pegou o dinheiro, que guardou numa caixa; então disse:

— Eu nunca ponho as coisas nas mãos das pessoas... isso nunca daria certo... você é que precisa pegar. — E dizendo isso, foi até o outro lado da loja e colocou o ovo de pé numa prateleira.

"Eu fico aqui me perguntando *por que* é que não daria certo", pensou Alice, abrindo caminho entre mesas e cadeiras, tateante, pois a loja ia ficando bem escura lá no fundo. "Parece que o ovo vai cada vez mais longe quando eu vou na direção dele. Deixa ver, isso aqui é uma cadeira? Puxa, mas tem galho! Que coisa mais esquisita achar árvores crescendo aqui! E tem até um riachinho! Essa há de ser a loja mais estranha que eu já vi!"

* * *

E ela foi seguindo, mais intrigada a cada passo do caminho, já que tudo ia virando árvore no momento em que ela chegava, e ela já estava achando que a mesma coisa ia acontecer com o ovo.

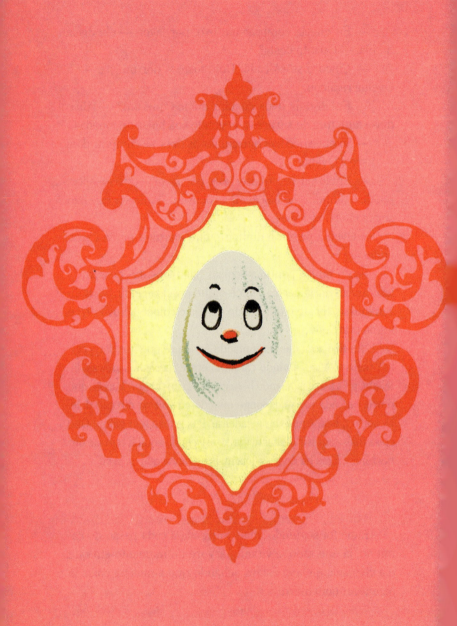

Capítulo VI

Humpty Dumpty

No entanto, o ovo só foi crescendo, e ficando cada vez mais humano: quando ela chegou a poucos metros dele, viu que tinha olhos, nariz e boca; e ao chegar bem pertinho, viu nitidamente que ele era o próprio HUMPTY DUMPTY.

— Não pode ser outra pessoa! — ela disse. — Eu não podia ter mais certeza, nem se o nome estivesse escrito na cara dele.

E podia estar escrito cem vezes, fácil, naquela cara enorme. Humpty Dumpty estava sentado de pernas cruzadas como um turco, em cima de um muro bem alto — e tão estreito que Alice ficou espantada por ele conseguir se equilibrar ali —, e como ele tinha os olhos firmemente fixos na direção contrária e nem se deu conta de sua chegada, ela achou que no fundo ele devia era ser uma figura empalhada.

— E como é parecido com um ovo! — disse em voz alta, com as mãos prontas para pegá-lo, pois esperava que caísse a qualquer momento.

— É *muito* irritante — Humpty Dumpty disse depois de um longo silêncio, sem olhar para Alice enquanto falava — ser chamado de ovo... *Muito!*

— Eu disse que o senhor *parecia* um ovo — Alice explicou com delicadeza. — E tem ovos que são bem lindos, sabe — acrescentou, tentando transformar seu comentário numa espécie de elogio.

— Tem gente — disse Humpty Dumpty, como sempre sem olhar para ela — que tem menos juízo do que um bebê!

Alice não sabia como responder a isso: não parecia nem um pouco uma conversa, pensou, já que ele nunca se dirigia a *ela*; a bem da verdade, esse último comentário parecia se dirigir a uma árvore — ela então ficou ali parada, recitando bem baixinho a canção que tinha aprendido na escola:

Humpty Dumpty estava no muro:
Tomba e capota num tombo tão duro.
Nem os cavalos e os homens d'El-Rei
Conseguem erguer novamente este fora da lei.

— Esse último verso está longo demais pro poema — ela acrescentou, quase alto demais, esquecendo que Humpty Dumpty podia ouvir.

— Não fique aí matraqueando sozinha desse jeito — Humpty Dumpty disse, olhando para ela pela primeira vez —, mas me diga o seu nome e o que você veio fazer.

— O meu *nome* é Alice, mas...

— Está aí um nomezinho imbecil! — Humpty Dumpty interrompeu impaciente. — O que é que ele quer dizer?

— E nome *precisa* querer dizer alguma coisa? — Alice perguntou sem convicção.

— Claro que precisa — Humpty Dumpty disse com uma risadinha curta. — O *meu* nome significa o meu formato... e é um formato bem lindo, aliás. Com um nome como o seu, você podia ser de qualquer formato, ou quase.

— Por que é que você fica aí sentado sozinho? — disse Alice, sem querer começar uma discussão.

— Ora, porque não tem ninguém aqui comigo! — gritou Humpty Dumpty. — Por acaso acha que eu não ia saber responder *essa*? Diga outra.

— Você não acha que ia correr menos riscos aqui no chão? — Alice continuou, sem nem pensar em fazer uma charada, mas simplesmente movida pelo seu bom coração, incomodada com aquela criatura esquisita. — Esse muro é *tão* estreito!

— Que charadas facílimas! — Humpty Dumpty respondeu num rosnado. — Claro que eu não acho! Ora, se um dia eu *acabasse* caindo, e não há a menor chance de isso acontecer, mas *se* eu caísse... — Aqui ele cerrou os lábios e fez uma cara tão séria e cheia de si que Alice mal conseguia segurar o riso. — *Se eu caísse* — ele continuou —, *o Rei me prometeu... pessoalissimamente... que... que...*

— Mandaria seus cavalos e seus homens — Alice interrompeu de maneira um tanto imprudente.

— Agora isso já é demais! — Humpty Dumpty exclamou de repente tomado de fúria. — Você andou escutando atrás da porta... e das árvores... e dentro da chaminé... senão você não ia saber completar a frase!

— Mas não mesmo! — Alice disse com toda a delicadeza. — Isso é de um livro.

— Ah, certo! Eles podem escrever essas coisas num *livro* — Humpty Dumpty disse num tom mais calmo. — Isso é o que eu chamaria de um livro de História, isso sim. Agora, olhe bem pra mim! Eu sou um dos que conversam com Reis, *isso* sim: quiçá você não volte a encontrar outro assim; e pra te mostrar que eu não sou arrogante, vou deixar você apertar a minha mão! — E ele sorriu quase que de orelha a orelha, enquanto se inclinava para a frente (e chegava o mais perto que se podia chegar de despencar do muro) e estendia a mão para Alice. Ela ficou de olho nele, um tanto incomodada, quando pegou sua mão.

"Se ele sorrisse mais, as pontinhas da boca iam se encontrar na nuca", pensou; "e aí não sei o que ia ser da cabeça dele! Meu medo era que ela caísse!"

— Isso, seus cavalos e seus homens — Humpty Dumpty continuou. — Eles vinham me pegar rapidinho, *ah*, se vinham! Mas essa conversa está andando rápido demais: vamos voltar pro penúltimo comentário.

— Acho que eu nem lembro direito — Alice disse muito educadinha.

— Nesse caso vamos começar de novo — disse Humpty Dumpty —, e é minha vez de escolher o assunto... — ("Ele fala como se fosse um jogo!", pensou Alice.) — Então aqui vai uma pergunta. Quantos anos você disse que tinha?

Alice fez uma conta rápida e disse:

— Sete anos e seis meses.

— Errado! — Humpty Dumpty exclamou triunfante. — Você nunca disse uma palavra a respeito disso!

— Achei que você queria dizer "Quantos anos você *tem*?" — Alice explicou.

— Se quisesse dizer isso, eu teria dito isso — argumentou Humpty Dumpty.

Alice não queria começar outra discussão, então ficou calada.

— Sete anos e seis meses! — Humpty Dumpty repetiu pensativo. — Uma idadezinha desagradável. Agora, se você tivesse pedido a *minha* opinião, eu teria dito "Pare nos sete". Mas agora é tarde demais.

— Eu nunca peço opiniões pra crescer — Alice disse indignada.

— Arrogância? — o outro perguntou.

Alice ficou ainda mais indignada com essa insinuação.

— O que eu quero dizer — ela falou — é que eu não posso parar de crescer.

— *Você* talvez não possa — disse Humpty Dumpty —, mas *nós* podíamos. Com uma mãozinha, você podia ter parado nos sete.

— Mas que cinto lindo o seu! — Alice comentou de repente.

(Já tinham falado bastante de idade, ela pensou: e se era para cada um sugerir um assunto, agora estava na vez dela.)

— Ou melhor — ela se corrigiu, pensando bem —, uma linda gravata, eu devia ter dito... não, é muito mais um cinto, sinto muito... mil desculpas! — ela acrescentou desconsolada, pois Humpty Dumpty parecia ofendidíssimo, e ela começou a desejar não ter escolhido aquele assunto. "Se pelo menos eu soubesse", ela pensou, "onde fica o pescoço e onde fica a cintura dele!"

Estava claro que Humpty Dumpty tinha ficado muito irritado, por mais que tenha continuado um ou dois minutos em silêncio. Mas quando ele voltou a falar, foi num rosnado grave.

— É uma coisa... *extremamente... irritante* — acabou dizendo —, quando alguém não sabe diferenciar uma gravata de um cinto!

— Eu sei que é muita ignorância minha — Alice disse num tom tão humilde que Humpty Dumpty amoleceu.

— É uma gravata, criança, e bem linda, como você disse. Foi um presente do Rei Branco e da Rainha Branca. Pronto!

— Sério? — disse Alice bem satisfeita por descobrir que afinal *tinha* escolhido um bom assunto.

— Eles me deram — Humpty Dumpty continuou, mergulhado em pensamentos, enquanto cruzava uma perna sobre a outra e segurava o joelho com as duas mãos —, eles me deram... de presente de desaniversário.

— Desculpa, mas como assim? — Alice disse com um ar intrigado.

— Não acho que você tenha culpa — disse Humpty Dumpty.

— Quer dizer, o *que* é um presente de desaniversário?

— Um presente que alguém te dá quando não é o seu aniversário, claro.

Alice pensou um segundo.

— Eu gosto mais de presentes de aniversário — ela acabou dizendo.

— Você não sabe do que está falando! — gritou Humpty Dumpty. — Quantos dias tem um ano?

— Trezentos e sessenta e cinco — disse Alice.

— E quantos aniversários você faz?

— Um.

— E se você diminuir um de trezentos e sessenta e cinco, quanto fica?

— Trezentos e sessenta e quatro, claro.

Humpty Dumpty pareceu duvidar.

— Eu prefiro ver a conta no papel — ele disse.

Alice não pôde deixar de sorrir ao pegar seu caderninho de notas e fazer a subtração para ele:

Humpty Dumpty pegou o caderno, que examinou com cuidado.

— Parece que você fez direitinho... — ele começou.

— Você está segurando de cabeça pra baixo! — Alice interrompeu.

— Mas é verdade! — Humpty Dumpty disse alegre, quando ela virou o caderno para ele. — Eu achei que estava com uma cara meio esquisita. Como eu ia dizendo, *parece* que você fez direitinho... se bem que eu não tive tempo de conferir tudo agora... e isso demonstra que existem trezentos e sessenta e quatro dias em que você pode ganhar presentes de desaniversário...

— Sem dúvida — disse Alice.

— E só *um* pra presentes de aniversário, sabe. Eis a glória!

— Eu não sei o que você está chamando de "glória" — Alice disse.

Humpty Dumpty sorriu com desdém.

— Claro que não sabe... até eu te dizer. Eu quis dizer "Eis um argumento esmagador!".

— Mas "glória" não quer dizer "um argumento esmagador" — Alice objetou.

— Quando *eu* uso uma palavra — Humpty Dumpty disse num tom de desprezo —, ela quer dizer exatamente o que eu decido que ela quer dizer... nada mais, e nada menos.

— A questão — disse Alice — é se você *pode* fazer as palavras significarem tanta coisa diferente.

— A questão — disse Humpty Dumpty — é decidir quem é que manda... só isso.

Alice estava confusa demais para abrir a boca, então depois de um minuto Humpty Dumpty começou de novo.

— Algumas palavras são bem cabeças-duras... especialmente os verbos, eles são os mais arrogantes... com os adjetivos você faz o que bem entender, mas não com os verbos... mesmo assim, *eu* consigo lidar com todas elas! Impenetrabilidade! É isso que *eu* digo!

— Você pode me explicar — pediu Alice — o que isso quer dizer?

— Agora você está falando como uma criança ajuizada — disse Humpty Dumpty, com uma cara muito satisfeita. — O que eu quis dizer com "impenetrabilidade" é que esse assunto já rendeu o que tinha que render, e seria bom você ir mencionando o que pretende fazer depois, já que eu imagino que você não pretenda ficar aqui parada o resto da vida.

— É bastante coisa pra uma palavra só — Alice disse pensativa.

— Quando eu faço uma palavra trabalhar desse jeito — disse Humpty Dumpty —, sempre pago extra.

— Oh! — disse Alice. Ela estava confusa demais para fazer qualquer outro comentário.

— Ah, você devia ver como elas vêm atrás de mim na noite de sábado — Humpty Dumpty continuou, balançando a cabeça de um lado para outro com seriedade —, pra receber o ordenado, sabe.

(Alice não quis correr o risco de perguntar com que ele pagava as palavras; e por isso nem eu posso dizer para você.)

— Você parece muito bom em explicar palavras — disse Alice. — Poderia me fazer o favor de explicar o sentido do poema chamado "Parlengão"?

— Diga como ele é — falou Humpty Dumpty. — Eu sei explicar todos os poemas que já foram inventados... e muito poema que ainda não foi inventado.

Isso parecia promissor, então Alice recitou a primeira estrofe:

Brildava, e as tolimúlvias pindas
Gusmiam fildas nos vauções;
Fafres, zuldavam as lorrindas,
E os pulhos davam grões.

— Já dá pra começar — Humpty Dumpty interrompeu.
— Já tem várias palavras difíceis aí. "Brildar" é quando o relógio bate as quatro horas da tarde, que é quando você "dá brilho" na louça pro chá.

— Cabe direitinho — disse Alice. — E "pindas"?

— Bom, "pindas" quer dizer "lindas e pintadas". "Pintadas" no sentido de "manchadas". É como uma valise, sabe; tem dois sentidos enfiados na mesma palavra.

— Agora eu entendi — Alice comentou pensativa. — E as "tolimúlvias" são o quê?

— Bom, as "tolimúlvias" são uns bichos parecidos com toupeiras... elas são parecidas com lagartos... e são parecidas com um saca-rolhas.

— Devem ser umas criaturinhas bem curiosas.

— Isso elas são mesmo — disse Humpty Dumpty. — E ainda fazem o ninho embaixo dos relógios de sol... e ainda vivem de queijo.

— E o que é "gusmiam" e "fildas"?

— "Gusmir" é espalhar como uma gosma. "Fildas" são ilhós.

— E os "vauções" são a grama em volta do relógio de sol, eu imagino — disse Alice, surpresa com seu próprio talento.

— Mas claro. E se chamam "vauções", sabe, porque vão tão longe, pra frente e pra trás do relógio...

— E vão tão longe dos lados também — Alice acrescentou.

— Exatamente. Bom, então, "fafres" quer dizer "desconsoladas", e "zuldar" é "zurrar e ir pro sul" (eis outra valise então). E uma "lorrinda" é um passarinho magrelo e com cara de maltrapilho, com as penas todas arrepiadas, uma coisinha que parece um esfregão.

— E aí vêm os "pulhos" — disse Alice. — Desculpa se eu estou lhe dando muito trabalho.

— Bom, um "fulho" é um tipo de porco verde: mas "pulho" eu não sei bem. Acho que o P é de "perdidos"... porque eles não sabem onde estão, sabe.

— E o que quer dizer "davam grões"?

— Bom, "grões" ficam mais ou menos entre um berro e um assovio, com um tipo de espirro no meio do caminho: mas acho que você vai acabar ouvindo uns grões, lá mais no meio das árvores, e quando você ouvir uma vez, vai ficar *bem* satisfeita. Quem é que anda recitando essas coisas difíceis pra você?

— Eu li num livro — disse Alice. — Mas eu ouvi recitarem um poema, bem mais simples que esse; acho que foi... o Tweedledee.

— Em questão de poesia, sabe — disse Humpty Dumpty, esticando uma de suas mãos imensas —, *eu* sei recitar tão bem quanto qualquer outro, se precisar...

— Ah, mas não precisa! — Alice se apressou em dizer, torcendo para ele não começar.

— A obra que recitarei — ele continuou, sem prestar atenção no comentário dela — foi escrita unicamente para sua diversão.

Alice pensou que nesse caso ela precisava *mesmo* ouvir, então sentou e disse "Obrigada", com uma voz bem triste.

> Se a neve estende um branco manto,
> Eu canto para o teu encanto...

— Só que eu não canto — ele acrescentou como explicação.

— Eu estou vendo — disse Alice.

— Se você está *vendo* eu cantar ou não cantar, você enxerga melhor que muita gente por aí — Humpty Dumpty comentou muito sério. Alice ficou em silêncio.

Se fica verde a pradaria,
Explico a minha poesia.

— Muito obrigada — disse Alice.

Ao sol, nos dias de verão,
Talvez entendas a canção:

E quando o bosque fica mudo,
Anote bem, escreva tudo.

— Vou escrever sim, se conseguir guardar até o outono — disse Alice.

— Não precisa ficar fazendo esses comentários — Humpty Dumpty disse. — Eles não fazem sentido, e me atrapalham.

Mandei recado ao peixe vivo:
E declarei meu objetivo.

Os peixes todos lá da costa
Mandaram logo uma resposta.

Disseram, veja só você:
"Não pode ser, senhor, porque —"

— Acho que eu não estou entendendo direito — disse Alice.

— Fica mais fácil daqui pra frente — Humpty Dumpty replicou.

Mandei alguém explicitar
Que era melhor me respeitar.

Responderam atravessado:
"Mas como está mal-humorado!"

Disse e redisse a opinião,
Mas não me deram atenção.

Peguei uma panela nova,
Que pretendia pôr à prova.

Tremendo até o último osso,
Enchi a panela no poço.

Então alguém chega e proclama:
"Os peixes foram para a cama."

Eu disse, sem titubear:
"Então melhor ir acordar."

Falei como me deu na telha;
Fui e gritei na sua orelha.

A voz de Humpty Dumpty virou quase um grito enquanto ele ia repetindo essa última estrofe, e Alice pensou, estremecendo: "Eu não queria ser mensageiro de *ninguém*!".

Tinha vigor, era insolente;
E disse: "Fale calmamente!"

Era insolente, e com vigor;
Falou: "Acordo, mas se for..."

Peguei um abridor de vinhos
E fui eu mesmo até os peixinhos.

Tentei a porta da fachada,
Bati, soquei, ficou fechada.

Tentei a porta lá de trás,
Girei a maçaneta, mas...

Houve uma longa pausa.

— Acabou? — Alice perguntou timidamente.

— Acabou — disse Humpty Dumpty. — Adeus.

Isso foi bem repentino, Alice pensou: mas depois de uma dica assim *tão* clara de que era hora de ir, ela achou que insistir não seria nada educado. Levantou, e estendeu a mão.

— Adeus, até mais ver! — ela disse do jeito mais animado que podia.

— Eu não ia te reconhecer *caso* a gente se visse de novo — Humpty Dumpty replicou num tom insatisfeito, dando um dedo para ela apertar. — Você é tão exatamente igual aos outros.

— Via de regra as pessoas se guiam pelo rosto — Alice comentou, pensativa.

— Mas é bem disso que eu estou reclamando — disse Humpty Dumpty. — O seu rosto é o mesmo de todo mundo... os dois olhos, assim... — (marcando com o polegar o lugar dos olhos no ar) — nariz no meio, boca embaixo. Sempre a mesma coisa. Agora se você tivesse os dois olhos de um só lado do nariz, por exemplo... ou a boca em cima... isso já ia *ajudar* pelo menos.

— Não ia ficar bonito — Alice objetou. Mas Humpty Dumpty só fechou os olhos e disse:

— Não diga isso antes de tentar.

Alice esperou um minuto para ver se ele falava de novo, mas como ele nem abriu os olhos nem mostrou interesse por ela, falou "Adeus!" mais uma vez, e sem obter resposta, foi se afastando em silêncio; mas não pôde deixar de se dizer:

— De todas as pessoas insatisfatórias... — (ela repetiu em voz alta, porque era bem agradável ficar dizendo uma palavra tão complicada) — de todas as pessoas insatisfatórias que eu já conheci na vida...

Não chegou a terminar a frase, porque nesse momento um estrondo sacudiu a floresta de ponta a ponta.

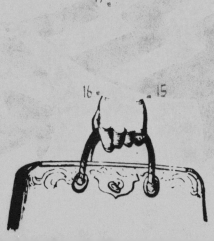

Capítulo VII

O Leão e o Unicórnio

Num instante o bosque estava cheio de soldados que corriam, primeiro aos pares e trios, depois em grupos de dez ou vinte, e por fim tão numerosos que pareciam tomar toda a floresta. Alice foi para trás de uma árvore, de medo de ser pisoteada, e ficou olhando eles passarem.

Pensou que nunca tinha visto soldados que marchassem tão atrapalhados: eles viviam tropeçando em alguma coisa, e cada vez que um caía, vários outros caíam por cima dele, de modo que logo o chão estava cheio de pilhas de homens.

Então vieram os cavalos. Com suas quatro patas, eles se deram bem melhor que a infantaria: mas mesmo *eles* tropeçavam vez por outra; e parecia ser uma regra que, toda vez que um cavalo tropeçava, o cavaleiro caía imediatamente. A confusão só ia piorando, e Alice ficou bem contente de sair do bosque para uma área aberta, onde encontrou o Rei Branco sentado no chão, concentrado, escrevendo no seu caderninho de notas.

— Fui eu que mandei todos eles! — o Rei gritou com uma voz encantada, ao ver Alice. — Você por acaso viu algum soldado, querida, quando atravessou o bosque?

— Vi sim — disse Alice. — Milhares, eu diria.

★ ★ ★ ★ ★ ★ Lewis Carroll ★ ★ ★ ★ ★ ★

— Quatro mil duzentos e sete é o número exato — disse o Rei, consultando o caderno. — Eu não pude mandar todos os cavalos, sabe, porque dois estão sendo usados no jogo. E também não mandei os dois Mensageiros. Os dois foram até a cidade. Só olhe estrada abaixo e me diga se consegue ver um deles.

— Ninguém na estrada — disse Alice.

— Quem dera *eu* tivesse esses olhos — o Rei comentou amedrontado. — Imagine conseguir enxergar Ninguém! E dessa distância! Ora, com essa luz eu mal consigo ver as pessoas que existem!

Alice não prestou atenção em nada disso, pois ainda estava observando a estrada, protegendo os olhos com uma das mãos.

— Agora tem alguém! — acabou exclamando. — Mas ele vem vindo bem devagar... e que atitudes mais estranhas ele adota! — (Pois o Mensageiro ficava pulando e se contorcendo como uma cobra, enquanto andava, com as mãos imensas abertas como leques ao lado do corpo.)

— Nada estranho — disse o Rei. — Ele é um Mensageiro anglo-saxão, e são atitudes anglo-saxãs. Ele só faz isso quando está feliz. O nome dele é Lebbha. — (Ele pronunciava o nome rimando com *pereba*.)

— Eu amo meu amado com seu L — Alice não se conteve —, porque ele é Lindo. Odeio meu amado com seu L, porque ele é Louco. Ele só se alimenta de... de... de Linguiça e Losna. Seu nome é Lebbha, e ele mora...

— Ele mora numa Lura — o Rei comentou com simplicidade, sem nem ter ideia de que estava entrando na brincadeira, enquanto Alice ainda procurava o nome de alguma cidade com L. — O outro Mensageiro se chama Malcko. Eu preciso ter *dois*, sabe... pra ir e vir. Um vai e outro volta.

— Como assim? — disse Alice.

— Come assado — disse o Rei.

— Eu só quis dizer que não estava entendendo — disse Alice. — Por que um pra ir e um pra voltar?

— Eu não te disse? — o Rei repetiu impaciente. — Eu preciso ter *dois*, pra buscar e levar. Um vai buscar e outro vai levar.

Nesse momento o Mensageiro chegou: não tinha fôlego para dizer uma única palavra, e só conseguia agitar as mãos e fazer umas caretas medonhas para o pobre do Rei.

— Essa moça te ama com L — o Rei disse, apresentando Alice na esperança de fazer o Mensageiro prestar atenção em outra pessoa, mas não adiantou: as atitudes anglo-saxãs foram ficando cada vez mais absurdas, enquanto seus olhos imensos se reviravam loucamente.

— Você está me deixando com medo! — disse o Rei. — Estou ficando tonto... me dê uma linguiça!

Ao ouvir isso, o Mensageiro, para grande diversão de Alice, abriu um saco que trazia pendurado no pescoço e passou uma linguiça ao Rei, que a devorou faminto.

— Outra linguiça! — disse o Rei.

— Agora só sobrou losna — o Mensageiro disse, espiando dentro do saco.

— Losna, então — o Rei murmurou num sussurro bem baixo.

Alice ficou contente ao ver que aquela comida o deixou bem mais alerta.

— Nada como um pouco de losna quando você está se sentindo fraco — ele comentou com ela, enquanto ia bebendo.

— Eu achava que jogar água fria na pessoa era melhor — Alice sugeriu. — Ou sais aromáticos.

— Eu não disse que não existia algo *melhor*. Eu disse que nada era *como* um pouco de losna. — O que Alice nem se arriscou a contestar.

— Por quem você passou na estrada? — o Rei continuou, estendendo a mão para receber mais losna do Mensageiro.

— Ninguém — disse o Mensageiro.

— Confere — disse o Rei —; essa mocinha também viu o indivíduo. Então fica claro que Ninguém é mais lento que você.

— Eu faço o que posso — o Mensageiro disse num tom enfastiado. — Garanto que ninguém anda muito mais rápido que eu!

— Não pode ser — disse o Rei —, senão ele tinha chegado antes. Mas agora que você recuperou o fôlego, pode nos contar o que aconteceu na cidade.

— Eu vou sussurrar — disse o Mensageiro, fazendo uma trombeta com as mãos diante da boca e se abaixando para chegar perto da orelha do Rei. Alice lamentou, pois também queria ouvir as notícias. No entanto, em vez de sussurrar, ele simplesmente berrou a plenos pulmões: — Eles começaram de novo!

— É *isso* que você chama de sussurro? — gritou o coitado do Rei, pulando e se sacudindo. — Se fizer uma coisa dessas de novo, eu vou mandar passarem manteiga em você! A minha cabeça sacudiu que nem um terremoto!

"Ia ter que ser um terremoto bem minúsculo!", pensou Alice.

— Quem começou de novo? — ela se arriscou a perguntar.

— Ora, o Leão e o Unicórnio, claro — disse o Rei.

— Disputando a coroa?

— Obviamente — disse o Rei. — E a graça é que enquanto isso a coroa continua sendo *minha*! Vamos correr pra ver os dois.

E eles saíram acelerados, e Alice repetia sozinha, enquanto corria, aquela velha cantiga:

O Leão e o Unicórnio disputavam a coroa:
Percorreram a cidade, numa briga que atordoa.
Comeram pão francês e bolo, comeram broa;
São expulsos da cidade pelo estrondo que atordoa.

— E... quem... vencer... fica com a coroa? — ela perguntou, ou tentou, pois a corrida estava acabando com seu fôlego.

— Não, céus! — disse o Rei. — Mas que ideia!

— O senhor... teria a bondade — Alice disse arfando, depois de correr mais um pouco — de parar um minuto... só pra gente... respirar?

— Eu *tenho* a bondade — o Rei disse. — Eu não tenho é a força. Sabe, os minutos são tão rápidos. Era mais fácil tentar parar um Bandurrega!

Alice não tinha mais fôlego para conversar, então os dois foram correndo em silêncio, até enxergarem uma grande multidão, no meio da qual o Leão e o Unicórnio estavam lutando. Estavam numa nuvem de poeira tão densa que de início Alice nem conseguiu entender quem era quem: mas logo pôde distinguir o Unicórnio, por causa do chifre.

Eles pararam perto de onde Malcko, o outro Mensageiro, estava assistindo à luta, com uma xícara de chá numa das mãos e, na outra, uma fatia de pão com manteiga.

— Ele acabou de sair da prisão, e ainda não tinha terminado o chá quando foi convocado — Lebbha cochichou para Alice —; e eles só ganham concha de ostra lá dentro... por isso que ele está com tanta fome e tanta sede. Como é que você vai, minha criança? — ele continuou, abraçando Malcko amistosamente.

Malcko olhou em volta e concordou com um aceno, continuando a comer seu pão com manteiga.

— Você estava feliz na prisão, minha criança? — disse Lebbha.

Malcko olhou em volta outra vez, e agora com uma ou duas lágrimas escorrendo pelo rosto, mas não disse uma única palavra.

— Mas fale! — Lebbha gritou impaciente. Mas Malcko só mastigava, e tomou mais um pouco de chá.

— Ora, fale! — gritou o Rei. — Como é que eles estão, na luta?

Malcko fez um esforço desesperado e engoliu um pedaço bem grande de pão com manteiga.

— Estão indo muito bem — disse com a voz embargada —; cada um já caiu umas oitenta e sete vezes.

— Então imagino que daqui a pouco vão chegar com o pão francês e a broa — Alice arriscou dizer.

— Já está tudo pronto — disse Malcko —; essa fatia já veio de lá.

Houve uma pausa na luta bem nesse momento, e o Leão e o Unicórnio sentaram, sem ar, enquanto o Rei exclamava "Dez minutos pra um lanchinho!". Lebbha e Malcko puseram mãos à obra imediatamente, trazendo bandejas rústicas, com pães franceses e broas. Alice pegou um pão para provar, mas era seco *demais*.

— Acho que hoje eles não vão mais lutar — o Rei disse a Malcko. — Mande começarem com o estrondo de tambores.

E Malcko saiu saltitando como um gafanhoto.

Por um ou dois minutos Alice ficou calada, olhando para ele. De repente ela se animou.

— Olha, olha! — gritou, apontando ansiosa. — É a Rainha Branca correndo pelo campo! Ela passou voando por aquele bosque mais pra lá... Como essas Rainhas são *rápidas*!

— Certeza que tem algum inimigo atrás dela — o Rei disse, sem nem olhar em volta. — Aquele bosque está coalhado de inimigos.

— E o senhor não vai correr pra ajudar? — Alice perguntou, mais que surpresa com a calma dele.

— Não adianta, não adianta! — disse o Rei. — Ela corre numa velocidade medonha. Era mais fácil tentar pegar um Bandurrega! Mas eu vou tomar nota aqui, se você quiser... Ela é uma criaturinha muito querida — ele ficava repetindo baixinho, enquanto abria o caderno de notas. — Será que "querida" se escreve com "q-u-i"?

Bem nesse momento o Unicórnio passou tranquilo por eles, com as mãos nos bolsos.

— Levei a melhor dessa vez? — disse ao Rei, que mereceu apenas um breve olhar quando ele passou.

— Um pouquinho... um pouquinho — o Rei replicou, um tanto nervoso. — Mas você não devia ter espetado o coitado com o chifre, sabe.

— Não machucou — o Unicórnio disse descuidado, e já ia continuando, quando por acaso viu Alice: ele se virou para ela bem rápido, e ficou um tempo olhando com um ar do mais absoluto desprezo.

— O que... é... aquilo? — acabou dizendo.

— Aquilo é uma criança! — Lebbha logo replicou, pondo-se na frente de Alice para apresentá-la, e abrindo as duas mãos na direção dela, numa atitude anglo-saxã. — A gente só descobriu ela hoje. Em tamanho natural, e mais realista que a lista real!

— Eu sempre achei que esses monstros eram inventados! — disse o Unicórnio. — Ela está viva?

— Ela fala — disse Malcko solene.

O Unicórnio olhou encantado para Alice e disse:

— Fale, criança.

Alice não pôde evitar um leve sorriso enquanto começava a falar:

— Você sabe que eu sempre achei que os Unicórnios também eram monstros inventados? Eu nunca vi um vivo!

★ ★ ★ ★ ★ ★ Lewis Carroll ★ ★ ★ ★ ★ ★

— Bom, agora que já nos vimos — disse o Unicórnio —, se você acreditar em mim, eu acredito em você. Fechado?

— Por mim, fechado — disse Alice.

— Venha, pegue o seu bolo, meu velho! — o Unicórnio prosseguiu, olhando agora para o Rei. — Não me venha com essa broa!

— Mas claro... mas claro! — o Rei resmungou, e fez um sinal para Malcko. — Abra o saco! — ele sussurrou. — Rápido! Não esse aí... está cheio de losna!

Malcko tirou um bolo bem grande do saco e deu para Alice segurar, enquanto ia tirando também um prato e uma espátula. Como aquilo tudo ia saindo do saco era algo que Alice não entendia. Era igualzinho a um truque de mágica, pensou.

O Leão tinha se juntado a eles, enquanto isso: parecia muito cansado e com sono, e tinha os olhos quase fechados.

— O que é aquilo ali? — ele disse, piscando preguiçoso na direção de Alice, e falando num tom grave e seco que parecia o som de um sino.

— Ah, o que *será*? — o Unicórnio gritou ansioso. — Você nunca vai adivinhar! *Eu* não adivinhei.

O Leão olhou desanimado para Alice.

— Você é animal... vegetal... ou mineral? — ele disse, bocejando entre as palavras.

— É um monstro inventado! — o Unicórnio gritou, antes que Alice pudesse responder.

— Então passa esse bolo, Monstro — o Leão disse, deitando no chão e acomodando a cabeça sobre as patas. — E sentem, vocês dois — (para o Rei e o Unicórnio) — não sejam fominhas com o bolo!

O Rei estava nitidamente incomodadíssimo de ter que ficar entre as duas grandes criaturas; mas só podia sentar ali.

— Agora a nossa luta pela coroa vai ser sensacional! — o Unicórnio disse, com um olhar velhaco para a coroa, que

★ ★ ★ ★ ★ ★ 112 ★ ★ ★ ★ ★ ★

já estava quase voando longe de tanto que tremia a cabeça do pobre Rei.

— Eu ia vencer fácil — disse o Leão.

— Não sei não — disse o Unicórnio.

— Ora, eu percorri a cidade batendo em você, seu covarde! — o Leão replicou com raiva, fazendo que ia levantar enquanto falava.

Aqui o Rei interrompeu, para evitar que a briga começasse: estava muito nervoso, e sua voz também tremia.

— Percorreu a cidade? — ele disse. — Mas é muita coisa. Qual caminho vocês pegaram? Foi pela ponte ou pela praça do mercado? A melhor vista é a da ponte.

— Eu é que não sei — o Leão rosnou enquanto voltava a se estender no chão. — A poeira estava alta demais pra eu poder ver. Mas como demora esse Monstro, pra cortar o bolo!

Alice tinha sentado à margem de um pequeno riacho, com o prato de bolo no colo, e ia cortando direitinho com a espátula.

— É bem irritante! — ela disse, em resposta ao Leão (já estava se acostumando a ser chamada de Monstro). — Eu já cortei várias fatias, mas elas sempre grudam de novo!

— Você não sabe lidar com os bolos do espelho — o Unicórnio comentou. — Primeiro passe as fatias, depois você corta.

Isso parecia bobagem, mas Alice obedeceu e levantou, passando o prato para eles, e o bolo foi se dividindo em três fatias.

— *Agora* pode cortar — disse o Leão, enquanto ela voltava para o seu lugar com o prato vazio.

— Mas isso não é justo! — gritou o Unicórnio, enquanto Alice sentava com a faca na mão, intrigadíssima, sem saber como começar. — O Monstro deu um pedaço duas vezes maior pro Leão!

— E nem ficou com uma fatia — disse o Leão. — Você gosta de bolo, Monstro?

Mas antes de Alice conseguir responder, os tambores começaram.

De onde vinha o barulho, ela não entendeu: o ar parecia tomado pelo som, que lhe fazia a cabeça vibrar tanto, que ela quase ficou surda. Levantou de um pulo e saltou o pequeno riacho aterrorizada,

* * *

e olhou bem a tempo de ver o Leão e o Unicórnio se porem de pé, com expressões de raiva por terem sido interrompidos no meio do banquete, antes de cair de joelhos e tapar as orelhas com as mãos, em vão tentando abafar aquele estrondo horroroso.

— Se *esse* barulho não expulsar os dois da cidade — ela pensou —, nada mais expulsa!

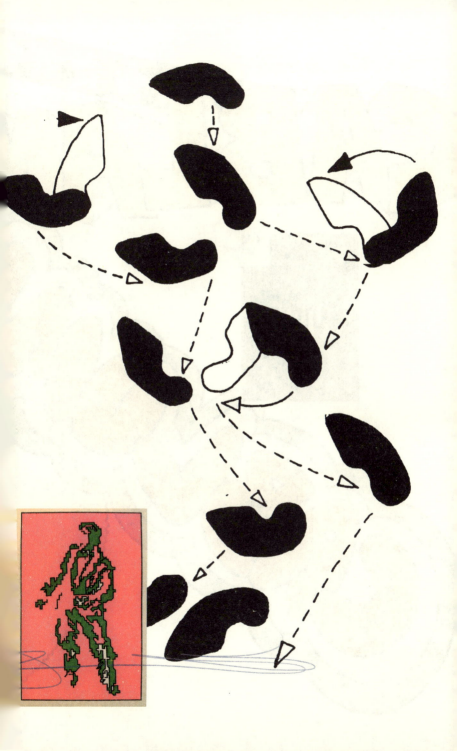

Capítulo VIII

"Fui eu mesmo que inventei"

Depois de um tempo o barulho foi morrendo aos poucos, até reinar um silêncio total, e Alice ergueu a cabeça um tanto alarmada. Não havia ninguém por ali, e a primeira coisa que lhe passou pela cabeça foi que devia ter sonhado com o Leão, o Unicórnio e aqueles Mensageiros anglo-saxões esquisitos. No entanto, o prato ainda estava pelo chão, aquele em que ela tentou cortar o bolo.

— Então eu não estava sonhando, afinal — ela disse —, a não ser... a não ser que todos nós sejamos parte do mesmo sonho. Eu só espero que seja o *meu* sonho, e não o do Rei Vermelho! Eu não gosto de ser o sonho de outra pessoa — ela continuou como quem reclama. — Estou quase indo acordar o Rei, pra ver o que acontece!

Nesse momento seu raciocínio foi interrompido por um brado de "Ó de bordo! Ó de bordo! Xeque!" e um Cavaleiro numa armadura carmesim veio a galope para cima dela, brandindo uma clava verde. Quando chegou bem na frente dela, o cavalo parou de repente.

— Você é minha prisioneira! — ele gritou, descendo todo atrapalhado do cavalo.

★ ★ ★ ★ ★ ★ **Lewis Carroll** ★ ★ ★ ★ ★ ★

Por mais assustada que estivesse, Alice se preocupou mais com ele do que com ela mesma naquele momento, e ficou olhando ansiosa enquanto ele voltava a montar o cavalo. Assim que estava confortavelmente instalado na sela, ele começou novamente:

— Você é minha... — Mas aqui outra voz interrompeu dizendo:

— Ó de bordo! Ó de bordo! Xeque! — E Alice, um tanto surpresa, olhou em volta para ver quem era o novo inimigo.

Dessa vez era o Cavaleiro Branco. Ele parou ao lado de Alice e desceu todo atrapalhado do cavalo, exatamente como o Cavaleiro Vermelho: voltou a montar, e os dois Cavaleiros ficaram um tempo se encarando sem falar. Alice olhava confusa de um para outro.

— Ela é *minha* prisioneira, sabe! — o Cavaleiro Vermelho acabou dizendo.

— Sim, mas aí *eu* vim resgatá-la! — o Cavaleiro Branco respondeu.

— Bom, então a gente tem que lutar por ela — disse o Cavaleiro Vermelho, pegando seu elmo (que ficava pendurado na sela e cujo formato lembrava a cabeça de um cavalo), que então colocou.

— Você vai observar as Regras de Combate, não é? — o Cavaleiro Branco comentou, colocando também o seu elmo.

— Eu sempre observo — disse o Cavaleiro Vermelho, e eles começaram a bater um no outro com tanta fúria, que Alice se escondeu atrás de uma árvore para ficar longe das pancadas.

— Eu fico aqui pensando quais seriam essas Regras de Combate — ela ia dizendo a si mesma, enquanto assistia à luta, espiando timidamente de seu esconderijo. — Parece que uma Regra é que se um Cavaleiro acerta o outro, derruba do cavalo, e se erra, quem cai é ele mesmo... e parece que outra

★ ★ ★ ★ ★ ★   118   ★ ★ ★ ★ ★ ★

Regra é que eles seguram os porretes com os braços, como se fossem fantoches... e que estardalhaço eles fazem quando caem! Parece um monte de atiçadores de lareira caindo na grade! E como os cavalos são bonzinhos! Deixam eles montarem e apearem como se fossem uma mesa!

Outra Regra de Combate, que Alice não tinha percebido, parecia obrigar os Cavaleiros a sempre cair de cabeça, e o combate terminou com os dois caindo dessa maneira, lado a lado: quando voltaram a se levantar, eles trocaram um aperto de mão, e então o Cavaleiro Vermelho montou e foi embora a galope.

— Foi uma vitória gloriosa, não foi? — disse o Cavaleiro Branco, sem ar, ao se aproximar dela.

— Não sei — Alice disse sem convicção. — Eu não quero ser prisioneira de ninguém. Eu quero ser Rainha.

— E vai ser, depois de atravessar mais um riacho — disse o Cavaleiro Branco. — Eu vou te escoltar até o fim do bosque... e aí vou ter que voltar, sabe. É o fim do meu lance.

— Muito obrigada — disse Alice. — Posso te ajudar a tirar o elmo? — Era nitidamente algo que ele não conseguia fazer sozinho; ela, no entanto, deu um jeito de arrancá-lo dali, finalmente.

— Agora dá pra respirar melhor — disse o Cavaleiro, ajeitando com as duas mãos o cabelo bagunçado e virando para Alice o seu rosto bondoso de grandes olhos delicados. Ela achou que nunca tinha visto um soldado de aparência tão estranha em toda a sua vida.

Ele vestia uma armadura de lata, que parecia lhe servir muito mal, e tinha uma caixinha de madeira de um formato muito estranho presa a tiracolo, de cabeça pra baixo, e com a tampa aberta. Alice olhava muito curiosa para ela.

— Vejo que a senhorita admira a minha caixinha — o Cavaleiro disse num tom amistoso. — Fui eu mesmo que inventei... pra guardar roupas e sanduíches. Veja que eu a mantenho de cabeça pra baixo, de modo que a chuva não possa entrar.

— Mas as coisas podem *sair* — Alice comentou delicadamente. — Você sabia que a tampa está aberta?

— Pois não sabia — o Cavaleiro disse, a sombra de um sentimento de vergonha passando por seu rosto. — Então deve ter caído tudo! E a caixa não serve pra nada sem o que estava dentro. — Ele soltou a caixa enquanto ia falando, e estava prestes a jogá-la no mato, quando pareceu ter uma ideia súbita e a pendurou com cuidado numa árvore. — Você imagina por que motivo eu fiz isso? — disse para Alice.

Alice sacudiu a cabeça.

— Na esperança de que as abelhas façam um ninho... aí eu pego o mel.

— Mas você tem uma colmeia... ou coisa parecida... presa na sela — disse Alice.

— Sim, é uma excelente colmeia — o Cavaleiro disse descontente —, das melhores. Mas nenhuma abelha até agora quis chegar perto dela. E a outra coisa ali é uma ratoeira. Acho que os ratos afastam as abelhas... ou as abelhas afastam os ratos, não sei bem.

— Eu estava aqui pensando pra que servia a ratoeira — disse Alice. — Não é muito normal encontrar ratos em cima de um cavalo.

— Talvez não seja normal — disse o Cavaleiro —, mas se eles aparecerem, eu não quero dar liberdade. Sabe — ele continuou depois de uma pausa —, faz bem estar preparado pra *tudo*. É por isso que o cavalo tem essas tornozeleiras presas nas patas.

— Mas elas servem pra quê? — Alice perguntou curiosíssima.

— Pra proteger de mordida de tubarão — o Cavaleiro replicou. — Fui eu mesmo que inventei. E agora me dê uma mãozinha aqui. Eu vou com você até o fim do bosque... Pra que esse prato?

— É um prato de bolo — disse Alice.

— Melhor a gente levar — o Cavaleiro disse. — Vai que a gente encontra um bolo. Me ajude a colocar aqui nessa sacola.

Fazer isso demorou um tempão, embora Alice tomasse todo o cuidado para manter a sacola aberta, porque o Cavaleiro não tinha a *menor* competência para colocar o prato ali: nas primeiras duas ou três tentativas ele acabou caindo do cavalo.

— É bem apertado, sabe — ele disse quando finalmente conseguiram. — Tinha tanta vela na sacola. — E pendurou de novo a alça na sela, que já estava cheia de maços de cenoura, atiçadores de lareira e muitas outras coisas.

— Espero que o seu cabelo esteja bem preso à cabeça — ele continuou, enquanto eles se punham em movimento.

— Não mais que o normal — Alice disse sorrindo.

— Isso mal vai dar conta — ele disse preocupado. — Sabe, aqui o vento é forte *mesmo*. É forte como uma sopa.

— E você já inventou algum plano pra evitar que o cabelo voe? — Alice perguntou.

— Ainda não — disse o Cavaleiro. — Mas eu tenho um plano pra evitar que ele *caia*.

— Eu gostaria muito de ouvir o seu plano.

— Primeiro você pega uma vara vertical — disse o Cavaleiro. — Aí você faz o seu cabelo ir subindo pela vara, como uma trepadeira. Porque o motivo do cabelo cair é que ele fica *pendurado* na cabeça... não tem como cair *pra cima*, sabe. O plano fui eu mesmo que inventei. Você pode tentar, se quiser.

★ ★ ★ ★ ★ ★ Lewis Carroll ★ ★ ★ ★ ★ ★

Não parecia um plano muito confortável, pensou Alice, e por alguns minutos ela seguiu em silêncio, tentando entender aquela ideia, e vez por outra parando para ajudar o coitado do Cavaleiro, que certamente *não* montava muito bem.

Toda vez que ele parava (e ele vivia parando), caía para a frente; e toda vez que recomeçava a trotar (o que em geral era bem súbito), caía para trás. De resto, ele até ia bem, a não ser por ter um certo costume de cair de lado de vez em quando; e como via de regra ele caía para o lado em que estava Alice, ela logo descobriu que a melhor estratégia era não andar assim *tão* perto do cavalo.

— Parece que você não tem tanta prática — ela arriscou, enquanto o ajudava a se levantar de seu quinto tombo.

O Cavaleiro fez uma cara muito surpresa, e um pouco ofendida, ao ouvir isso.

— Por que você me diz uma coisa dessas? — perguntou, enquanto tentava subir de novo na sela, segurando o cabelo de Alice com uma das mãos, para não cair pelo outro lado.

— Porque as pessoas não caem tanto assim quando têm bastante prática.

— Eu tenho toda a prática — o Cavaleiro disse com muita seriedade. — Toda a prática!

Alice não achou coisa melhor que "Verdade?" para dizer, mas disse com toda a empolgação do mundo. Seguiram um tempo em silêncio depois disso, o Cavaleiro de olhos fechados, resmungando sozinho, e Alice preocupada com o tombo seguinte.

— A grande arte da equitação — o Cavaleiro de repente começou a dizer bem alto, com grandes gestos de um braço — consiste em você manter... — Aqui a frase terminou tão de repente quanto tinha começado, pois o Cavaleiro caiu com tudo, de cabeça, exatamente na trilha onde Alice caminhava.

★ ★ ★ ★ ★ ★   122   ★ ★ ★ ★ ★ ★

Dessa vez ela tomou um belo susto, e disse preocupada, enquanto o ajudava a levantar:

— Tomara que você não tenha quebrado algum osso.

— Nenhum importante — o Cavaleiro disse, como se não se incomodasse de quebrar uns dois ou três. — A grande arte da equitação, como eu ia dizendo, consiste... em você manter o equilíbrio da maneira correta. Assim, sabe...

Ele soltou as rédeas e abriu bem os dois braços, para mostrar a Alice o que queria dizer, e dessa vez caiu de costas, embolado com as patas do cavalo.

— Toda a prática! — continuou repetindo sem parar enquanto Alice o punha novamente de pé. — Toda a prática!

— É ridículo demais! — gritou Alice, perdendo toda a paciência dessa vez. — Você devia andar num cavalinho de pau, com rodinhas, isso sim!

— Esses sacolejam menos? — o Cavaleiro perguntou com grande interesse, agarrando o pescoço do cavalo enquanto falava, bem a tempo de se salvar de mais um tombo.

— Bem menos que um cavalo de verdade — disse Alice, com uma risada que saiu quase como um grito, apesar de tudo que fez para se conter.

— Eu vou arrumar um desses — o Cavaleiro disse pensativo. — Um ou dois... vários.

Houve um breve silêncio depois disso, e então o Cavaleiro recomeçou:

— Eu sou ótimo pra inventar coisas. Agora, eu diria que você deve ter percebido, da última vez que me levantou, que eu estava com uma aparência meio pensativa.

— Você estava mesmo um tanto sério — disse Alice.

— Bom, bem naquele momento eu estava inventando uma nova maneira de pular um portão... você quer saber como é?

— Muitíssimo — Alice disse educada.

— Eu vou te contar como foi que eu inventei — disse o Cavaleiro. — Sabe, eu disse a mim mesmo "A única dificuldade são os pés: a *cabeça* já está na altura certa". Então, primeiro eu ponho a cabeça no alto do portão... aí eu planto bananeira... então os pés ficam bem altos, sabe... e aí eu já pulei, sabe.

— É, acho que você teria passado por ele assim — Alice disse pensativa —; mas não acha que ia ser meio difícil?

— Eu ainda não tentei — o Cavaleiro disse com seriedade —; então eu ainda não posso dizer com certeza... mas acho que *pode* ser meio difícil mesmo.

Ele parecia tão constrangido ao pensar nisso que Alice logo mudou de assunto.

— Que elmo curioso esse seu! — ela disse alegre. — Foi você mesmo que inventou também?

O Cavaleiro olhou cheio de orgulho para o seu elmo, pendurado na sela.

— Fui eu sim — ele disse —, mas já inventei um melhor que esse... com forma de pão de açúcar. Quando eu usava esse, se eu caía do cavalo eu já encostava rapidinho a cabeça no chão. Então a queda era *bem* pequena, sabe... Mas havia um certo risco de cair pra *dentro* do elmo, é verdade. Isso me aconteceu uma vez... e o pior foi que antes de eu conseguir sair de novo, o outro Cavaleiro Branco pôs o elmo na cabeça. Ele achou que era o dele.

O Cavaleiro falava disso com uma cara tão solene que Alice não ousava rir.

— Imagino que você deva ter machucado o coitado — ela disse com a voz estremecida —, por ter ficado em cima da cabeça dele.

— Claro que eu tive que chutar ele dali — o Cavaleiro disse com toda a seriedade do mundo. — E aí ele tirou de novo o elmo... mas levaram horas pra me tirar de lá de dentro. Eu estava entalado igual... sardinha, sabe.

— Mas aí seria *enlatado* — Alice objetou.

O Cavaleiro sacudiu a cabeça.

— Enlatado, entalado, eu estava era tudo isso! — ele disse. Ele ergueu as mãos um tanto empolgado ao dizer isso, e imediatamente escorregou da sela, e caiu de cabeça numa vala profunda.

Alice foi correndo até a beira da vala para procurar por ele. Tinha tomado um belo susto com a queda, já que fazia algum tempo que ele vinha se mantendo na sela, e ela temia que dessa vez ele tivesse se machucado *mesmo*. No entanto, apesar de só enxergar a sola dos pés dele, ficou bem aliviada quando ouviu que ele estava conversando no mesmo tom de sempre.

— Tudo isso — ele repetia —; mas ele foi muito descuidado de colocar o elmo de outro sujeito... com o sujeito lá dentro e tudo mais.

— Como *é* que você consegue continuar conversando tão tranquilo, de ponta-cabeça? — Alice perguntou enquanto o puxava pelos pés e o largava todo mole na beirada da fossa.

O Cavaleiro pareceu surpreso com a pergunta.

— Que diferença faz o lugar onde o meu corpo está? — ele disse. — A minha cabeça continua funcionando igual. Aliás, quanto mais eu fico de ponta-cabeça, mais eu invento coisas novas. Agora o que eu já fiz de mais inteligente, nessas coisas — ele continuou depois de uma pausa — foi inventar uma sobremesa nova durante o segundo prato do jantar.

— A tempo de a cozinha preparar como o prato seguinte? — disse Alice.

— Bom, não o prato *seguinte* — o Cavaleiro disse num tom lento e pensativo. — Não, absolutamente não como o *prato* seguinte.

— Então teria que ser no dia seguinte. Acho que não dá pra comer duas sobremesas na mesma refeição.

— Bom, não no dia *seguinte* — o Cavaleiro repetiu como antes. — Não no dia *seguinte*. Na verdade — ele continuou, a cabeça baixa e a voz ficando cada vez mais inaudível —, acho que *nunca* prepararam aquela sobremesa! Na verdade, acho que nunca *vão* preparar aquela sobremesa! E olha que foi uma sobremesa muito bem inventadinha.

— E seria feita de quê? — Alice perguntou, na esperança de animá-lo, pois o pobre Cavaleiro parecia muito decepcionado com aquilo tudo.

— Começava com mata-borrão — o Cavaleiro respondeu num gemido.

— Acho que isso não ia ser muito gostoso...

— Não ia ser muito gostoso *sozinho* — ele interrompeu bem apressado —; mas você não tem ideia da diferença que faz quando você mistura outras coisas... como pólvora e lacre de envelope. E é aqui que a gente se separa.

Eles tinham acabado de chegar ao fim do bosque.

Alice só conseguiu olhar para ele confusa; estava pensando na sobremesa.

— Você está triste — o Cavaleiro disse preocupado. — Deixe eu cantar uma canção pra te consolar.

— Ela é muito comprida? — Alice perguntou, pois já tinha ouvido bastante poesia naquele dia.

— É comprida — disse o Cavaleiro —, mas muito, *muito* linda. Quando eu canto, todo mundo... ou fica com os olhos cheios de *lágrimas*, ou...

— Ou o quê? — disse Alice, pois o Cavaleiro tinha feito uma pausa repentina.

— Ou não, sabe. O nome da canção se chama "Olhos de hadoque".

— Ah, é esse o nome da canção, então? — Alice disse, tentando se interessar.

— Não, você não está entendendo — o Cavaleiro disse, parecendo um tanto constrangido. — O nome *se chama* assim. O nome mesmo é "O velho velho e meio".

— Então eu devia ter dito "É assim que a canção se chama"? — Alice se corrigiu.

— Não, não devia: isso já não tem nada a ver! A *canção* se chama "Meios e modos"; mas isso é só como ela se *chama*, sabe!

— Bom, qual *é* a canção, então? — disse Alice, que a essa altura estava totalmente desorientada.

— Eu já ia te dizer — o Cavaleiro disse. — A canção na verdade é "Sentado num portão"; e a melodia fui eu mesmo que inventei.

Dizendo isso, ele parou o cavalo e deixou as rédeas caírem frouxas: então, marcando um compasso lento com uma das mãos, e com um leve sorriso que lhe iluminava o rosto tolo e delicado, como se gostasse do som de sua canção, ele começou.

Dentre todas as coisas estranhas que Alice viu em sua jornada Através do Espelho, foi essa que sempre se destacou em sua memória. Anos depois ela ainda lembrava toda a cena com detalhes, como se tivesse acontecido um dia antes: os olhos azuis tranquilos e o sorriso bondoso do Cavaleiro... o sol poente que reluzia em seu cabelo e brilhava na sua armadura com uma cintilação deslumbrante... o cavalo andando em silêncio, com as rédeas soltas no pescoço, aparando a grama aos pés dela... e as negras sombras da floresta lá atrás... tudo isso ela registrou como num retrato, enquanto, protegendo os olhos com uma das mãos, ela se apoiava numa árvore, observando o estranho par e ouvindo, num quase sonho, a melodia melancólica da canção.

— Mas a melodia *não foi* ele que compôs — ela disse a si mesma —, é uma música irlandesa antiga.

Ficou ali ouvindo com grande atenção, mas seus olhos não se encheram de lágrimas.

Eu conto tudo, sem receio;
É breve a narração.
Eu vi um velho, velho e meio,
Sentado num portão.
"Quem é você?", pergunto eu,
"e qual o seu emprego?"
E escuto o que ele respondeu,
Como se fosse grego.

Falou: "Eu cato borboletas
No trigo, descansadas:
Com elas faço tortas pretas
E vendo nas calçadas.
Aqueles para quem as vendo
Navegam bravos mares;
E assim", falou, "eu vou vivendo —
Apesar dos pesares."

Mas eu bolava um belo plano:
Tingir de verde o rosto
E sempre usar um grande abano,
Para não ver-me exposto.
Como resposta, então, gritei:
"Qual é seu ganha-pão?"
Sem ter ouvido tudo, e dei-
-Lhe um belo safanão.

Continuou num tom cordato:
"Eu sigo no meu jogo
Até encontrar um bom regato,
Que faço pegar fogo;
E disso fazem mil poções
Chamadas Macassar —
Mas só me pagam dois tostões
Por todo o meu penar.

Mas eu bolava uma maneira
Para comer de tudo,
E assim passar a vida inteira
Ficando rechonchudo.
Peguei o velho e sacudi,
Até pedir penico:
"Qual é seu ganho", eu insisti,
"E como fica rico?"

Falou: "Eu cato olhos de hadoque
Em plantações de uvas,
Com eles monto um grande estoque
De botões para luvas.
Não quero joias nem anéis,
Nem ouro, prata ou bronze,
Mas se me derem três merréis,
Eu vendo dez ou onze.

"E desenterro pães franceses
Ou prendo caranguejos;
Reviro a mata inteira, às vezes,
Atrás de uns azulejos.
E assim" (piscou discretamente)
"Eu ganho o meu dinheiro —
E faço um brinde, alegremente,
Ao nobre companheiro."

Agora ouvi, pois meu projeto
Já estava concebido:
De desenferrujar um teto
Com vinho bem fervido.
Agradeci por conhecer
A fonte da riqueza,
Mas muito mais por ele ter
Brindado com nobreza.

E agora quando, distraído,
Tropeço num confeito,
Ou calço errado o pé invertido
No pé do pé direito,
Ou solto alguma porcaria
Pesada no dedão,
Eu choro, pela nostalgia
Do velho que encontrei um dia,
De rosto manso e voz macia,
Grisalho como a neve fria,
Que até lembrava uma cotia,
Com seu olhar que reluzia
E o rosto tão sem alegria,
Que balançava e estremecia,
E resmungava a melodia
Em tons tomados pela azia,
Bufando como o tigre mia —
Há tempos, quando entardecia,
Sentado num portão.

Quando o Cavaleiro cantou as últimas palavras da balada, pegou de novo as rédeas e apontou a cabeça do cavalo para a estrada por onde tinham chegado.

— Você está a poucos metros — ele disse —, é descer a colina e atravessar aquele riacho, e você vai ser Rainha... mas primeiro você fica pra se despedir de mim? — ele acrescentou enquanto Alice se virava com um olhar ansioso na direção que ele apontou. — Eu não vou demorar. Você espera e acena com o lenço quando eu chegar àquela curva da estrada? Acho que vai me dar coragem, sabe.

— Claro que eu espero — disse Alice —; e muito obrigada por ter vindo tão longe... e pela canção... eu gostei muito da canção.

— Tomara — o Cavaleiro disse sem convicção —; mas você não desabou como eu imaginava.

Então eles trocaram um aperto de mão, e o Cavaleiro foi lentamente rumo à floresta.

— Não vai demorar muito pra *ele* desabar, eu acho — Alice disse, ali parada observando. — Lá vai ele! Bem de cabeça como sempre! Mas ele sobe de novo bem fácil... isso é por ele ter tanta coisa pendurada no cavalo...

Então ela seguiu em frente, falando sozinha, enquanto via o cavalo a passo calmo pela estrada, e o Cavaleiro despencando, primeiro de um lado e depois do outro. Depois do quarto ou quinto tombo ele chegou à curva, e então ela acenou com o lenço, e esperou até ele desaparecer.

— Tomara que isso tenha lhe dado coragem — ela disse, enquanto lhe dava as costas para descer a colina. — E agora o último riacho, pra virar Rainha! Que coisa mais imponente! — Com pouquíssimos passos ela já estava à margem do riacho. — Finalmente, a Oitava Casa! — gritou enquanto pulava

* * *

e se deixava cair para descansar num gramado macio como musgo, pontilhado de canteirinhos de flores por toda parte. — Ah, que felicidade chegar até aqui! E que *coisa* é essa na minha cabeça? — exclamou consternada, enquanto erguia as mãos para tocar em algo pesadíssimo, e bem encaixado em sua testa. — Mas *como é* que isso veio parar aqui sem eu saber? — ela disse, enquanto erguia o objeto e o punha no colo para entender o que podia ser.

Era uma coroa de ouro.

Capítulo IX

Rainha Alice

— Bom, isso é imponente *mesmo*! — disse Alice. — Eu nunca imaginei que ia virar Rainha tão cedo... e deixa eu vos dizer uma coisa, Majestade — continuou num tom severo (ela sempre gostou de se dar bronca) —, não tem cabimento a senhora ficar aí de bobeira na grama desse jeito! Uma Rainha tem que ter sua dignidade, sabe!

Então ela levantou dali e andou um pouco — primeiro meio dura, de medo de derrubar a coroa: mas foi se consolando com o fato de que ninguém podia vê-la ali.

— E se eu sou Rainha de verdade — disse quando sentou novamente —, com o tempo eu vou ficar muito boa nisso.

Tudo estava acontecendo de um jeito tão estranho que ela nem ficou surpresa ao ver a Rainha Branca e a Vermelha sentadas ali com ela, uma de cada lado; teria adorado perguntar como elas chegaram até ali, mas receava que isso não fosse educado. No entanto, não havia de fazer mal perguntar se a partida tinha acabado.

— Por favor, a senhora poderia me dizer... — ela começou, olhando tímida para a Rainha Vermelha.

— Espere alguém lhe dirigir a palavra! — a Rainha interrompeu rispidamente.

— Mas se todo mundo respeitasse essa regra — disse Alice, que estava sempre pronta para uma discussãozinha —, e se você só falasse quando te dirigissem a palavra, e a outra pessoa ficasse sempre esperando *você* começar, sabe, ninguém ia abrir a boca, então se…

— Ridículo! — gritou a Rainha. — Ora, você não entende, menina… — Aqui ela se interrompeu com uma cara feia, e depois de pensar por um minuto, de repente mudou o assunto da conversa. — Como assim "Se eu sou Rainha de verdade"? Que direito você tem de usar esse título? Você não pode ser Rainha, sabe, sem passar pelas devidas provas. E quanto antes a gente começar, melhor.

— Eu só disse "se"! — a pobre Alice disse humildemente.

As duas Rainhas se olharam, e a Rainha Vermelha comentou, com um pequeno estremecimento:

— Ela *diz* que só disse "se"…

— Mas ela disse muito mais que isso! — a Rainha Branca reclamou, torcendo as mãos. — Ah, muitíssimo mais que isso!

— E disse mesmo, sabe — a Rainha Vermelha disse a Alice. — Sempre fale a verdade… pense antes de falar… e depois escreva.

— Mas não teria sentido… — Alice ia começando, mas a Rainha Vermelha a interrompeu impaciente.

— Mas é bem disso que eu estava reclamando! *Devia* ter sentido! Pra que você acha que serve uma frase sem sentido? Até uma piada tem que ter algum sentido, e uma criança é mais importante que uma piada, eu diria. Você não teria como negar isso, nem que tentasse com as duas mãos.

— Eu não nego as coisas com as *mãos* — Alice objetou.

— Ninguém disse que você negava — disse a Rainha Vermelha. — Eu disse que você não ia conseguir nem que tentasse.

♥ ♥ **Através do espelho e o que Alice viu por lá** ♥ ♥

— Ela está naquele estado de espírito — disse a Rainha Branca —, em que ela quer negar *alguma coisa*... só que não sabe o quê!

— Uma personalidade péssima, maldosa — a Rainha Vermelha comentou; e então por um minuto ou dois reinou um silêncio constrangedor.

A Rainha Vermelha quebrou o silêncio dizendo à Rainha Branca:

— Eu vos convido para o jantar de Alice hoje à tarde.

A Rainha Branca respondeu com um sorriso leve:

— E eu *vos* convido.

— Eu nem sabia que ia ganhar uma festa — disse Alice —; mas se for esse o caso, acho que *eu* devia convidar as pessoas.

— Nós te demos a oportunidade de convidar — a Rainha Vermelha comentou —; mas receio que você ainda não tenha feito muitas aulas de etiqueta.

— Ninguém aprende etiqueta em aula — disse Alice. — Aula é pra você aprender matemática, e essas coisas.

— E você sabe somar? — a Rainha Branca perguntou. — Quanto dá um mais um mais um mais um mais um mais um mais um mais um mais um mais um?

— Não sei — disse Alice. — Perdi a conta.

— Ela não sabe somar — a Rainha Vermelha interrompeu. — Você sabe subtração? Diga oito menos nove.

— Oito menos nove não dá, sabe — Alice replicou prontamente —; mas...

— Ela não sabe subtração — disse a Rainha Branca. — Você sabe divisão? Divida um pão por uma faca... qual é o resultado?

— Acho... — Alice ia começando, mas a Rainha Vermelha respondeu por ela: — Pão com manteiga, claro. Tente outra subtração. Um cachorro menos um osso: o que fica?

♥ ♥ ♥ ♥ ♥ ♥ 137 ♥ ♥ ♥ ♥ ♥ ♥

Alice refletiu.

— O osso não fica, é claro, já que vai ser tirado... e o cachorro também não fica, porque ia me morder... e com certeza eu também não fico, nesse caso!

— Então você acha que não fica nada? — disse a Rainha Vermelha.

— Acho que a resposta é essa.

— Errada, como sempre — disse a Rainha Vermelha.

— O que fica é a calma do cachorro.

— Mas eu não consigo...

— Ora, veja bem! — a Rainha Vermelha gritou. — O cachorro ia perder a calma, não ia?

— É bem possível — Alice replicou cautelosa.

— Então se o cachorro fosse embora, a calma ia ficar ali! — a Rainha exclamou triunfante.

Alice disse, o mais séria que pôde:

— Eles podiam ir cada um pra um lado. — Mas não conseguiu deixar de pensar: "Mas que bobajada *imensa* essa conversa!".

— Ela não sabe *nada* de somas! — as Rainhas disseram juntas, com grande ênfase.

— E *você* sabe? — Alice disse, atacando de repente a Rainha Branca, pois não gostava de ficar sendo corrigida desse jeito.

A Rainha assustada fechou os olhos.

— Eu sei fazer somas, se me derem tempo... mas subtração eu não sei fazer, sob *nenhuma* circunstância!

— E é claro que você sabe o abecê — disse a Rainha Vermelha.

— Claro que sim — disse Alice.

— Eu também — a Rainha Branca sussurrou. — Nós vamos repetir o alfabeto juntas várias vezes, querida. E deixa eu te contar um segredo... eu sei ler palavras de uma letra só! Não é uma coisa imponente? Mas não desanime. Uma hora você chega lá.

Aqui a Rainha Vermelha começou novamente:

— Você sabe responder essas perguntas úteis? — ela disse. — Como é que se faz pão?

— *Essa* eu sei! — Alice gritou empolgada. — Pra massa...

— Que maçã? — a Rainha Branca perguntou. — Da verde ou da vermelha?

— Bom, se for pão doce, tanto faz — Alice explicou —; mas pro pão de *fôrma*...

— Deforma o quê? — disse a Rainha Branca. — Você não pode deixar tanta coisa sem explicar.

— Abanem-lhe a cabeça! — a Rainha Vermelha interrompeu apressada. — Ela deve estar enfebrada depois de pensar tanto assim.

Então elas começaram a abanar Alice com maços de folhas, até ela ter que implorar que parassem, de tão bagunçado que estava ficando o seu cabelo.

— Agora ela está bem — disse a Rainha Vermelha. — Você sabe línguas estrangeiras? Como se diz *tralalá* em francês?

— *Tralalá* nem é uma palavra — Alice replicou com seriedade.

— E quem foi que disse que era? — falou a Rainha Vermelha.

Alice achou que dessa vez tinha uma saída.

— Se você me disser em que língua *tralalá* é uma palavra, eu traduzo pro francês! — exclamou triunfante.

Mas a Rainha Vermelha se empertigou toda e disse:

— Rainhas jamais negociam.

"Quem me dera elas jamais fizessem perguntas", Alice pensou.

— Mas não vamos brigar — a Rainha Branca disse preocupada. — O que provoca os relâmpagos?

— O que provoca os relâmpagos — Alice disse muito decidida, pois estava bem segura dessa resposta — são os trovões... não, não! — ela se corrigiu rapidinho: — Eu quis dizer o contrário.

— Tarde demais pra corrigir — disse a Rainha Vermelha —; quando você diz uma coisa uma vez, fica dito, e aí você tem que aguentar as consequências.

— Aliás... — a Rainha Branca disse, de olhos baixos e sem parar de abrir e fechar as mãos — caiu uma trovoada *tão* pesada terça-feira passada... ou seja, uma das quintas do último maço de terças, sabe.

Alice ficou confusa.

— No *nosso* país — comentou —, só vem um dia de cada vez.

A Rainha Vermelha disse:

— Mas que jeito infeliz de usar o calendário. Porque, *aqui*, em geral os dias e as noites vêm aos pares, ou em trios, e às vezes, no inverno, a gente chega a juntar cinco noites de uma vez... pra se aquecer, sabe?

— E cinco noites são mais quentes do que uma, então? — Alice arriscou perguntar.

— Cinco vezes mais quentes, claro.

— Mas elas também deviam ser cinco vezes mais *frias*, pela mesma regra...

— Exato! — gritou a Rainha Vermelha. — Cinco vezes mais quentes *e* cinco vezes mais frias... exatamente como eu sou cinco vezes mais rica do que você *e* cinco vezes mais inteligente!

Alice suspirou e desistiu. "É igualzinho a uma charada sem resposta!", pensou.

— Humpty Dumpty também viu — a Rainha Branca continuou numa voz bem baixa, mais como se estivesse falando sozinha. — Ele apareceu na porta de casa com um saca-rolhas na mão...

— O que ele queria? — disse a Rainha Vermelha.

— Ele disse que *tinha* que entrar — a Rainha Branca continuou —, porque estava procurando um hipopótamo. Agora, por algum acaso, naquele momento não tinha um hipopótamo lá em casa.

— E normalmente tem? — Alice perguntou atônita.

— Bom, só às quintas-feiras — disse a Rainha.

— Eu sei o que ele estava fazendo ali — disse Alice. — Ele queria castigar os peixes, girou a maçaneta, mas...

Aqui a Rainha Branca começou de novo.

— Foi uma *tremenda* trovoada, você nem tem como saber! — ("E *nunca* ia ter como saber, não é mesmo?", disse a Rainha Vermelha.) — E parte do telhado saiu voando, e entrou tanto trovão... e as bolotas de trovão saíram ribombando pelas paredes... e derrubando os nossos móveis... e eu acabei ficando com tanto medo que esqueci até o meu nome!

Alice ficou pensando: "Eu nunca ia *tentar* lembrar o meu nome no meio de um acidente! Isso ia servir pra quê?", mas não disse isso em voz alta, de medo de magoar a coitada da Rainha.

— Vossa Majestade tem que perdoar a menina — a Rainha Vermelha disse a Alice, segurando e acariciando delicadamente uma das mãos da Rainha Branca. — Ela tem boas intenções, mas não consegue evitar e acaba falando besteira, via de regra.

A Rainha Branca olhou tímida para Alice, que achou que *devia* dizer algo simpático mas que no fundo não conseguia pensar em nada ali na hora.

— Ela não teve uma boa educação — a Rainha Vermelha continuou —; mas é impressionante o quanto ela é calminha! Faça carinho na cabeça dela, pra ver como ela fica contente!

— Mas isso era mais do que Alice tinha coragem de fazer. —

Um pouco de carinho... e uns papelotes no cabelo... fariam maravilhas por ela...

A Rainha Branca soltou um suspiro profundo e encostou a cabeça no ombro de Alice.

— Eu estou *mesmo* assim tão cansada? — gemeu.

— Está cansada, a coitadinha! — disse a Rainha Vermelha. — Faça cafuné... empreste uma touca de dormir pra ela... e cante uma cantiga de ninar.

— Mas eu não trouxe touca de dormir — disse Alice, tentando obedecer à primeira ordem —; e eu não lembro uma cantiga de ninar.

— Deixa que eu mesma canto, então — disse a Rainha Vermelha, e começou:

Nana nenê, que Alice vem pegar
Antes do banquete, tem tempo de nanar:
Depois do banquete, a festa está prontinha:
Vermelha e Branca, e Alice de Rainha!

— Agora você já sabe a letra — ela acrescentou, enquanto encostava a cabeça no outro ombro de Alice —, pode ir continuando pra mim. Que eu também estou ficando com sono. — Em mais um instante as duas Rainhas estavam num sono pesado e roncando bem alto.

— E agora eu faço *o quê*? — exclamou Alice, de novo olhando em volta desorientada, enquanto as cabeças redondas, primeiro uma e depois a outra, rolavam do seu ombro e caíam como bolotas bem pesadas no seu colo. — Acho que uma coisa dessas *nunca* aconteceu antes, de alguém ter que cuidar ao mesmo tempo de duas Rainhas adormecidas! Não, nunca antes na história deste país... não dava, sabe, porque nunca houve mais de uma Rainha ao mesmo tempo. Mas acordem, suas coisinhas pesadas!

— ela continuou num tom impaciente; mas sua única resposta era um ronco moderado.

O ronco foi ficando mais distinto a cada minuto, e cada vez soando mais como uma melodia; ela acabou conseguindo até entender a letra, e ouviu tão concentrada que, quando as duas cabeças desapareceram de seu colo, mal deu pela falta delas.

Estava em pé diante de uma arcada, que é uma entrada em formato de arco, sobre a qual havia as palavras RAINHA ALICE, em letras bem grandes, e de cada lado uma sineta de mão; uma dizia "Sineta dos Visitantes", e a outra, "Sineta dos Criados".

— Vou esperar a canção acabar — pensou Alice —, e aí eu toco... a... *qual* sineta eu tenho que tocar? — ela continuou, intrigadíssima com aqueles nomes. — Eu não sou visitante e não sou criada. Eles *tinham* que ter uma marcada "Rainha", sabe...

Bem nesse momento a porta se entreabriu, e uma criatura com um bico comprido meteu a cabeça um momento por ali e disse:

— Só aceitamos entradas daqui a duas semanas! — E fechou de novo a porta com uma pancada.

Alice ficou um tempão batendo na porta e tocando em vão a campainha, mas finalmente um Sapo velhíssimo, que estava sentado ao pé de uma árvore, levantou e veio meio manco, lentamente, em sua direção: ele usava roupas bem amarelas e calçava botas imensas.

— O que foi, agora? — o Sapo disse num sussurro baixo e rouco, com cara de quem estava fazendo algo que não queria.

Alice olhou para ele, pronta a botar a culpa em alguém.

— Cadê o criado que devia vir atender a porta? — ela começou irritada.

— Que porta? — disse o Sapo.

★ ★ ★ ★ ★ ★ **Lewis Carroll** ★ ★ ★ ★ ★ ★

Alice estava quase batendo os pezinhos de irritação com aquela voz arrastada.

— *Esta* porta, claro!

O Sapo olhou para a porta por um minuto com seus grandes olhos baços: então chegou mais perto e esfregou a porta com o polegar, como se quisesse ver se a tinta ia sair; então olhou para Alice.

— Atender a porta? — ele disse. — Ela está precisando de cuidados? — Falava com tanta má vontade que Alice mal conseguia ouvir.

— Eu não entendi — ela disse.

— A porta te contou alguma coisa? — o Sapo continuou. — Ou você é surda que nem uma porta?

— Não! — Alice disse impaciente. — Eu só estava batendo nela!

— Isso não se faz… isso não se faz… — o Sapo resmungou. — Ela fica contrariada, sabe. — Então ele desistiu e chutou a porta com um de seus pés gigantes. — Você deixa *esta aqui* em paz — disse quase sem ar, enquanto voltava meio manco para sua árvore —, que eu deixo *você* em paz, tudo bem?

Bem nesse momento a porta se abriu de supetão, e ouviu-se uma voz fininha cantando:

Diz ao mundo do Espelho uma Alice em pessoa:
"Tenho um cetro na mão, na cabeça a coroa;
Criaturas do Espelho, convido todinhas
A vir celebrar com o trio de Rainhas."

E centenas de vozes cantaram o refrão:

Pois encham as taças de vidro amarelo,
E sirvam correndo botões e farelo:
Com gatos no ponche e lagartos no chá —
Trinta vezes três vivas Alice terá!

Através do espelho e o que Alice viu por lá

Então seguiu-se um barulho confuso de celebração, e Alice pensou: "Trinta vezes três dá noventa. Será que alguém está contando?". Num instante ficou tudo quieto novamente, e a mesma voz fininha cantou outra estrofe:

Nossa Alice afirmou: "Podem se aproximar!
É uma honra me ver, um favor me escutar:
Privilégio é provar o que vem das cozinhas
Do banquete privado do trio de Rainhas!"

E então veio um novo refrão:

Pois encham as taças de tinta e melaço
Ou tudo que beba quem não é de aço:
Ponham terra na sidra, e no vinho, barbante —
Nove vezes noventa há de ser o bastante!

— Nove vezes noventa vivas! — Alice repetiu desesperada. — Ah, mas assim isso não acaba nunca! Melhor eu ir entrando de uma vez... — E houve um silêncio mortal no momento em que ela apareceu.

Alice lançou um olhar nervoso pela mesa, enquanto percorria o grande salão, e percebeu que havia cerca de cinquenta convidados, de todos os tipos: havia aves e outros bichos, e havia até algumas flores entre eles. "Que bom que eles vieram sem precisar de convite", ela pensou. "Eu nunca ia saber quem eram as pessoas que devia convidar."

Havia três cadeiras na ponta da mesa; as Rainhas Vermelha e Branca já estavam confortavelmente instaladas em duas delas, mas a do meio continuava vazia. Alice sentou ali, meio constrangida pelo silêncio, e querendo que alguém falasse.

Por fim a Rainha Vermelha começou.

— Você perdeu a sopa e o peixe — ela disse. — Sirvam a carne! — E os garçons puseram um pernil de carneiro diante de Alice, que olhou para ele um tanto incomodada, já que nunca antes precisou servir um pernil.

— Você está parecendo meio tímida; deixa eu te apresentar esse pernil — disse a Rainha Vermelha. — Alice, Pernil; Pernil, Alice.

O pernil ficou de pé no prato e fez uma pequena reverência para Alice; e Alice devolveu o cumprimento, sem saber se ficava com medo ou achava graça.

— Posso lhe dar uma fatia? — ela disse, pegando garfo e faca, e olhando de uma Rainha para a outra.

— Mas claro que não — a Rainha Vermelha disse muito decidida —; é falta de educação meter a faca em alguém que acabaram de te apresentar. Retirem o pernil! — E os garçons o levaram embora e trouxeram um grande pudim de ameixas em seu lugar.

— Não me apresentem ao pudim, por favor — Alice disse um tanto apressada —, ou ninguém vai conseguir jantar. Posso lhe servir um pouquinho?

Mas a Rainha Vermelha parecia emburrada, e rosnou:

— Pudim, Alice; Alice, Pudim. Retirem o pudim! — E os garçons o levaram tão rápido que Alice não conseguiu retribuir sua reverência.

Mas ela não via por que a Rainha Vermelha tinha que ser a única a dar ordens, então, para fazer um teste, ela gritou:

— Garçom! Traga o pudim de volta! — E lá estava ele de novo num instante, como num truque de mágica. Era tão grande que ela não conseguia evitar um *pouquinho* de timidez com ele, exatamente como no caso do pernil; no entanto, ela venceu sua timidez com grande esforço, cortou uma fatia e passou para a Rainha Vermelha.

— Que impertinência! — disse o Pudim. — Fico pensando o que é que você ia achar se eu cortasse uma fatia de *você*, criatura!

Ele falava com uma voz pastosa, meio gordurosa, e Alice não tinha o que lhe dizer em resposta: só conseguiu olhar espantada para ele.

— Fale alguma coisa — disse a Rainha Vermelha. — É ridículo deixar o Pudim tocar a conversa sozinho!

— Sabe, hoje eu já ouvi tanta poesia — Alice comentou um pouco assustada ao perceber que, no momento em que abriu a boca, houve um silêncio mortal e todos os olhos se fixaram nela —; e é uma coisa muito curiosa, eu acho... de alguma maneira todos os poemas eram sobre peixes. Você sabe por que é que gostam tanto de peixes, em todo este lugar?

Ela estava falando com a Rainha Vermelha, cuja resposta foi um tanto desviada — No que se refere a peixes — ela disse de modo muito lento e solene, com a boca bem perto da orelha de Alice —, Sua Majestade Branca sabe uma charada maravilhosa, toda em versos, que é inteirinha sobre peixes. Peço pra ela recitar?

— É bondade de Sua Majestade Vermelha — a Rainha Branca murmurou na outra orelha de Alice, numa voz que parecia o arrulho de um pombo. — Seria *tão* divertido! Posso?

— Por favor — Alice disse muito educada.

A Rainha Branca deu uma gargalhada, satisfeita, e fez um carinho na bochecha de Alice. E então começou:

“Primeiro é preciso pegar.”
Essa é fácil: crianças, até, vão pegá-lo.
“Depois é preciso pagar.”
Essa é fácil: moedas, até, vão pagá-lo.

★ ★ ★ ★ ★ Lewis Carroll ★ ★ ★ ★ ★ ★

"Agora o fogão!"
Essa é fácil, e leva um minuto contado.
"Para o prato, pois não?"
Essa é fácil, porque ele já veio empratado.

"Traga aqui! Vou comer!"
Eis o prato tampado bem fácil na mesa.
"Abra já! Quero ver!"
Ah, mas isso é difícil, a tampa está presa!

Mas já é desacato...
Se eu bato esse prato, onde a tampa só encosta,
E de fato me mato;
Rassando esse achado, ou assando a rechpochta!

— Pense um minutinho e aí tente achar a resposta — disse a Rainha Vermelha. — Enquanto isso, nós bebemos à sua saúde... à saúde da Rainha Alice! — ela gritou a plenos pulmões, e todos os convidados começaram a beber imediatamente, e o fizeram de um jeito muito estranho: uns viraram a taça na cabeça como se estivessem apagando um incêndio, e bebiam o que lhes escorria pelo rosto, outros viraram os decantadores e beberam o vinho que pingava das bordas da mesa, e três deles (que pareciam cangurus) pularam no prato de carneiro assado e começaram a lamber gulosamente o molho, "iguaizinhos a uns porcos no cocho!", pensou Alice.
— Você precisa agradecer a todos com um belo discurso — a Rainha Vermelha disse, olhando para Alice com uma cara feia.
— Você precisa do nosso apoio, sabe? — a Rainha Branca sussurrou, enquanto Alice se punha de pé para falar, muito obediente mas um pouco amedrontada.
— Muitíssimo obrigada — ela sussurrou em resposta —, mas eu me viro sem o apoio.

★ ★ ★ ★ ★   150   ★ ★ ★ ★ ★

— Isso não ia dar certo — a Rainha Vermelha disse muito decidida: então Alice tentou acatar a ideia de boa vontade.

(— E como elas *empurravam*! — ela disse depois, quando contava a história do banquete para a irmã. — Parecia até que elas queriam fazer eu virar panqueca!)

De fato ela achou bem difícil ficar no seu lugar enquanto fazia o discurso: as duas Rainhas empurravam tanto, uma de cada lado, que ficaram pertinho de erguer Alice do chão.

— Eu me levanto então para agradecer... — Alice começou: e levantou *mesmo* enquanto falava, subiu vários centímetros; mas se agarrou na borda da mesa e conseguiu voltar um pouco mais pra baixo.

— Se cuide! — berrou a Rainha Branca, agarrando com as duas mãos o cabelo de Alice. — Alguma coisa vai acontecer!

E então (como Alice descreveu mais tarde) várias coisas aconteceram ao mesmo tempo. As velas todas cresceram até o teto, lembrando um pouco um canteiro de juncos com fogos de artifício na ponta. Já as garrafas, cada uma pegou um par de pratos, que usaram como asas improvisadas, e assim, com garfos como pernas, saíram esvoaçando por toda parte; "e lembram muito passarinhos", Alice pensou, ou pensou em pensar, no meio da pavorosa confusão que começava.

Nesse momento ouviu uma risada roufenha ao seu lado e se virou para ver o que estava acontecendo com a Rainha Branca; mas, em vez da Rainha, quem estava na cadeira era o pernil de carneiro.

— Olha eu aqui! — gritou uma voz que vinha da sopeira, e Alice se virou de novo, bem a tempo de ver a cara redonda e simpática da Rainha sorrindo para ela por um momento na beira da terrina, antes de sumir na sopa.

Não havia tempo a perder. Vários convidados já estavam deitados nos pratos, e a concha da sopa vinha andando pela mesa, na direção da cadeira de Alice, e fazendo sinais impacientes para ela sair da frente.

— Eu não aguento mais! — ela gritou quando se levantou de repente e agarrou a toalha de mesa com as duas mãos: um bom puxão, e bandejas, pratos, convidados e velas despencaram todos e caíram amontoados no chão. — E quanto a *você* — ela prosseguiu, olhando furiosa para a Rainha Vermelha, a quem considerava a causadora de toda aquela confusão; mas a Rainha não estava mais ao lado dela, tinha subitamente encolhido, até ficar do tamanho de uma boneca, e agora estava em cima da mesa, alegre, correndo em círculos atrás da ponta do xale, que voava com o vento.

Em qualquer outro momento, Alice teria ficado surpresa com isso, mas estava empolgada demais para sentir qualquer surpresa *agora*.

— Quanto a *você* — repetiu, segurando a criaturinha que já ia saltando uma garrafa que acabava de pousar na mesa —, eu vou te sacudir até você virar uma gatinha, mas vou mesmo!

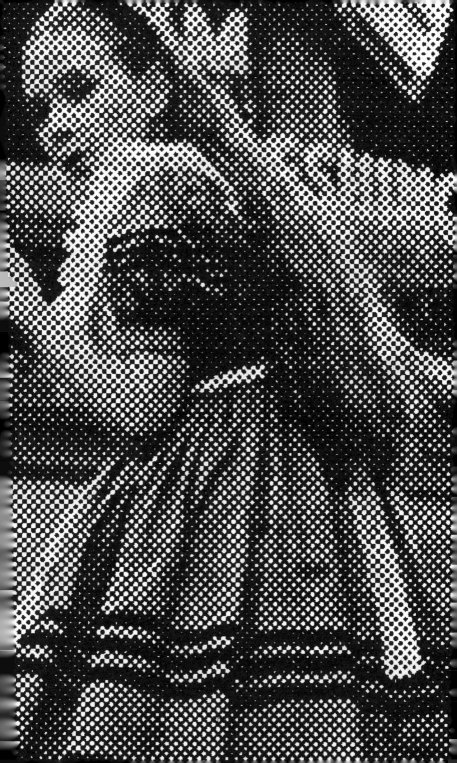

Capítulo X

Sacudão

Tirou a bonequinha da mesa enquanto falava, e a sacudiu para a frente e para trás com toda a força.

A Rainha Vermelha nem tentou resistir; só que seu rosto foi ficando bem pequeno, e seus olhos ficaram grandes e verdes: e o tempo todo, enquanto Alice sacudia, ela ia ficando mais baixa... e mais gorda... e mais fofa... e mais redonda... e...

Capítulo XI

Acordando

...e era *mesmo* uma gatinha, afinal.

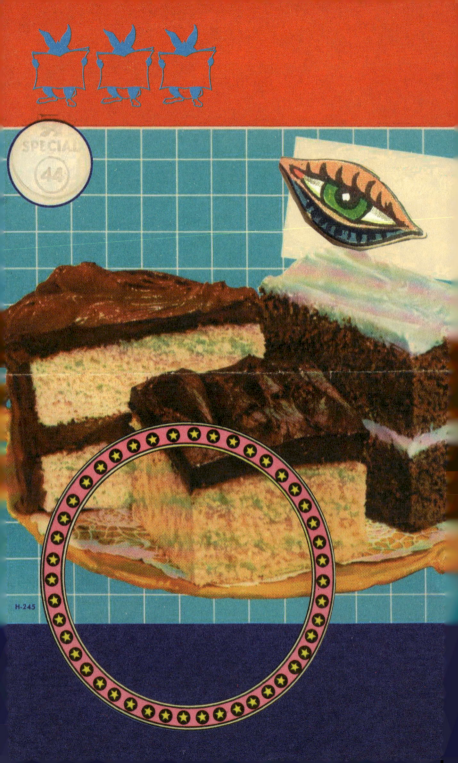

Capítulo XII

Quem sonhou?

Vossa Majestade Vermelha não devia ronronar tão alto — Alice disse, esfregando os olhos e se dirigindo à gatinha, de maneira respeitosa mas um tanto séria. — Você me acordou de um sonho tão incrível! E você estava comigo, Kitty... lá no mundo do Espelho. Você sabia, querida?

Os gatinhos têm um hábito muito inconveniente (Alice disse uma vez) de ronronar *sempre*, não importa o que você diga.

— Se pelo menos eles só ronronassem pra dizer "sim", e miassem pra dizer "não", ou qualquer regra desse tipo — ela disse naquela ocasião —, pra gente poder conversar! Mas como é que você *consegue* conversar com uma pessoa se ela só diz a mesma coisa o tempo todo?

Nessa ocasião a gatinha só ronronou: e era impossível saber se ela queria dizer "sim" ou "não".

Então Alice procurou entre as peças de xadrez que estavam na mesa até encontrar a Rainha Vermelha: então se ajoelhou no capachinho da lareira, e colocou a gata e a Rainha uma de frente para a outra.

— Agora, Kitty! — gritou, batendo as mãos triunfante. — Confesse que foi nisso aí que você se transformou!

(— Mas a gatinha nem olhava pra peça — ela disse, quando mais tarde explicava aquilo à sua irmã. — Ela desviava a cabecinha e fingia que nem estava vendo: mas parecia que estava com um *pouquinho* de vergonha, então acho que ela *devia* ser a Rainha Vermelha.)

— Sente um pouco mais reta, querida! — Alice gritou com uma gargalhada. — E faça uma reverência enquanto decide o que... o que ronronar. Poupa tempo, lembre! — E pegou o bichinho e lhe deu um beijo. — Em honra de ter sido uma Rainha Vermelha.

"Floco de neve, meu amor!" ela continuou, olhando por cima do ombro para a Gatinha Branca, que ainda estava pacientemente esperando o banho terminar. "Quando *é* que a Dinah vai acabar de limpar Vossa Branca Majestade, será? Deve ser por isso que você estava tão descabelada no meu sonho... Dinah! você sabia que está lambendo uma Rainha Branca? Sério, isso é muito desrespeito!

"E o que foi que a *Dinah* virou, será?", continuou tagarelando enquanto se acomodava, com um cotovelo apoiado no tapete e o queixo na mão, para ficar olhando as gatinhas. "Diga, Dinah, você virou o Humpty Dumpty? Eu *acho* que sim... mas como eu não tenho certeza, melhor você nem mencionar isso pros seus amigos.

"Aliás, Kitty, se você estivesse mesmo comigo lá no sonho, tinha uma coisa que você ia *adorar* — eu ouvi recitarem tantos poemas, e sempre sobre peixes! Amanhã de manhã você vai gostar. Enquanto você estiver tomando o seu café da manhã, eu vou recitar 'A Morsa e o Carpinteiro' pra você; e aí você pode fazer de conta que são ostras, querida!

"Agora, Kitty, vamos pensar quem é que sonhou aquilo tudo. É uma questão bem séria, querida, e você *não devia* ficar lambendo a patinha desse jeito — até parece que a Dinah não te deu banho hoje cedo! Sabe, Kitty, *tem* que ter sido ou o Rei Vermelho ou eu. Ele estava no meu sonho, claro — mas eu também estava no sonho dele! Será que *foi* o Rei Vermelho, Kitty? Você estava casada com ele, querida, então você devia saber... Ah, Kitty, *ajude* a resolver! Eu tenho certeza que essa sua patinha pode esperar um pouco!" Mas a gatinha safada só começou a limpar a outra pata, e fingiu que nem tinha ouvido a pergunta.

Quem *você* acha que foi?

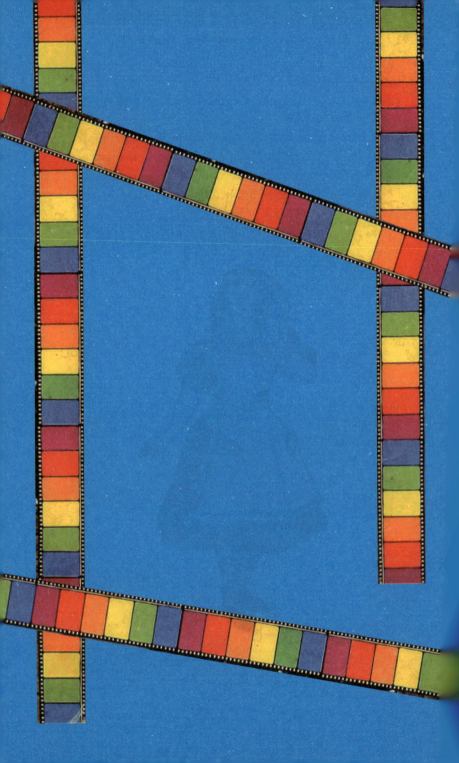

Ao sol de julho um barco vai
Lânguido deixando o cais,
Indo enquanto a tarde cai...

Cabem nele três crianças
E ansiosas esperanças
Por histórias que ouvem, mansas...

Lento, julho evanesceu;
Ecos perdem-se no breu.
Árduo outono, enfim, venceu.

Sendo sombra ou nostalgia,
Anda Alice em companhia
Nunca vista à luz do dia.

Curiosamente mansas,
Em ansiosas esperanças
Lindas ouvem, mais crianças.

Indo além da Maravilha,
De seu sonho, sua trilha,
De um verão que já não brilha:

Elas singram sempre amenas...
Lá onde a vida, e suas penas,
Lembram ser um sonho, apenas?

O trecho a seguir não estava presente na primeira edição deste livro, publicada por Lewis Carroll em 1871. Ele foi cortado pelo autor quando o livro já passava pelos ajustes finais, por sugestão de seu amigo e ilustrador daquela edição, John Tenniel. Em uma carta a Carroll, o artista declarou que o episódio não lhe interessava e que não conseguia pensar em um jeito de ilustrá-lo.

A passagem foi redescoberta apenas em 1974, durante um leilão que incluía as provas revisadas por Carroll. Estudiosos acreditam que a intenção do autor seria inserir esse trecho próximo ao final do capítulo VIII, quando Alice está prestes a se tornar Rainha.

A vespa de peruca

...e estava prestes a saltar quando ouviu um suspiro pesado, que parecia vir do bosque atrás dela.

"Tem alguém *bem* infeliz ali", ela pensou, se virando curiosa para entender o que estava acontecendo. Algo parecido com um homem muito velho (só que com um rosto que mais parecia de vespa) estava sentado no chão, apoiado numa árvore, todo encolhidinho, e tremendo como se estivesse congelando de frio.

"*Acho* que eu não posso fazer nada por ele" foi a primeira coisa que passou pela cabeça de Alice, que já foi lhe dando as costas para saltar o riacho, "mas é melhor perguntar o que ele tem", acrescentou, detendo-se bem à beira do salto. "Se eu pular, vai ser tudo diferente, e aí eu não tenho mais como ajudar."

Então voltou até a vespa — meio a contragosto, pois estava com *muita* vontade de virar Rainha.

— Ah, o meus osso, o meus osso! — ele estava resmungando quando Alice se aproximou.

"Deve ser reumatismo", Alice pensou, e se abaixou para falar com ele, e disse com muita delicadeza:

— Espero que não esteja doendo muito.

A Vespa só deu de ombros e desviou a cabeça.

— Era só o que me faltava! — disse.

— Posso fazer alguma coisa pelo senhor? — Alice continuou. — O senhor não está com frio aqui?

— Mas cê não fica quieta! — a Vespa disse irritada. — Zucrino, zucrino! Que criança impussive!

Alice ficou bem ofendida com essa resposta, e já estava quase lhe dando adeus, mas pensou "Vai ver é só a dor que está deixando ele tão bravo". Então tentou de novo.

— O senhor não quer uma ajuda para ir até o outro lado? Aí o senhor sai desse vento frio.

A Vespa lhe deu o braço, e aceitou ser conduzida até o outro lado da árvore, mas quando sentou de novo só disse, como antes:

— Zucrino, zucrino! Cê não pode deixar a criatura em paz?

— Quer que eu leia um pouco disso aqui? — Alice continuou, pegando um jornal que estava aos pés dele.

— Pode ler se quiser — a Vespa disse, amuada. — Ninguém está te impidino, até onde eu saiba.

Alice então sentou ao lado dele, abriu o jornal no colo, e começou.

— *Últimas notícias. O Grupo de Exploração fez outra incursão pela Despensa, e encontrou mais cinco torrões de açúcar branco, grandes e em perfeitas condições. Na volta…*

— Tinha açúcar mascavo? — a Vespa interrompeu.

Alice correu os olhos apressada pela folha e disse:

— Não. Não menciona nadinha de mascavo.

— Nada de mascavo! — resmungou a Vespa. — Um belo dum grupo de exploração, esse aí!

— *Na volta* — Alice continuou lendo —, *eles encontraram um lago de melaço. As margens do lago eram azuis e brancas, e pareciam porcelana. Enquanto provavam o melaço, eles sofreram um acidente: dois membros do grupo soçobraram…*

— Eles *o quê*? — a Vespa perguntou muito irritada.

— So-ço-bra-ram — Alice repetiu, dividindo a palavra em sílabas.

— Essa palavra nem inziste! — disse a Vespa.

— Mas está aqui no jornal — Alice disse um tanto tímida.

— E é bão que nem me saia daí! — disse a Vespa arrepiada, desviando a cabeça.

Alice largou o jornal.

— Eu acho que o senhor não está bem — ela disse com calma. — Posso fazer alguma coisa?

— É tudo causo da peruca — a Vespa disse bem mais tranquila.

— Causo da peruca? — Alice repetiu, bem satisfeita ao ver que ele estava mais controlado.

— Você também ia se irritar se tivesse uma peruca que nem a minha — a Vespa foi dizendo. — Eles ri de mim. E eles incomoda. E aí eu se irrito. E fico com frio. E sento embaixo da arve. E pego um lenço amarelo. E amarro em volta da cara... igual agora.

Alice olhou para ele, com pena.

— Amarrar assim em volta do rosto é muito bom para dor de dente — ela disse.

— E é muito bom pra soberbia — acrescentou a Vespa.

Alice não entendeu direito a palavra.

— Isso é algum tipo de dor de dente? — ela perguntou.

A Vespa refletiu por um tempo.

— Olha, não — ela disse —, é quando você ergue a cabeça... *assim*... sem dobrar o pescoço.

— Ah, então é um torcicolo — concluiu Alice.

A Vespa disse:

— Isso é palavra que inventaram agora. No meu tempo era soberbia.

— Soberbia nem é doença — Alice comentou.

— Mas é sim — disse a Vespa: — Espera só pra ver quando cê tiver. E quando cê pegar, pode tentar amarrar um lenço amarelo de assim. Vai te curar num zás!

Ele desamarrou o lenço enquanto falava, e Alice olhou surpresa para sua grande peruca. Era de um amarelo bem forte, como o lenço, e toda embaraçada e bagunçada como um montão de algas.

— O senhor podia dar um jeito nessa peruca — ela disse —, ou eu posso lhe fazer um favor.

— Mas então cê é Abelha, é? — a Vespa disse, olhando para ela com mais interesse. — E quer me fazer um favo... Com muito mel?

— Não é favo —, Alice explicou apressada. — É um favor. Eu podia pentear a sua peruca... ela está *bem* descabelada, sabe.

— Eu vou te contar como que foi que eu comecei de usar essa peruca — a Vespa disse. — Quando eu era pequeno, sabe, eu tinha uns cacho que balançava assim...

Alice teve uma ideia curiosa. Quase todo mundo que ela encontrou acabou declamando poesia, e ela pensou que podia ver se a Vespa também não queria.

— O senhor se incomoda de contar a história em versos? — ela perguntou bem educadinha.

— Não é o meu jeito de contar — disse a Vespa —, mas eu vou tentar; pera lá.

Ele ficou calado por alguns momentos, e então recomeçou:

Criança, eu tinha o meus cachinho:
Comprido assim, até a nuca!
Disseram pra eu raspar tudinho,
Melhor vestir essa peruca.

Mas fiz o que eles me dizia
E os outro, vendo tudo feito,
Disseram que isso eu não podia,
Que aquilo não ficou direito.

Disseram que ela estava torta,
E me caía mal demais.
Mas essas coisa nem importa:
Os cacho já não cresce mais.

E agora, de cabeça branca,
No que sobrou de uma careca,
Sealguém me pela essa carranca
Comenta logo: "Nojo! Eca!"

E quando um deles vem e vê,
Logo me xinga e diz " seuTonto!"
Por um motivo só, nenê:
É causo da peruca, e pronto.

— Lamento muito — Alice disse pesarosa —, e acho que se a sua peruca estivesse mais ajeitada na cabeça eles não iam provocar o senhor desse jeito.

— A *sua* peruca está bem ajeitadinha — a Vespa murmurou, olhando para ela com ar de admiração. — É causo do formato da sua cabeça. Só que a sua mandíbula não é formada tão certinha... imagino que cê não consegue nem morder direito.

Alice soltou uma risada que ia saindo quase como um grito, que conseguiu quase transformar numa tosse. Acabou conseguindo dizer, com seriedade:

— Eu consigo morder o que eu quiser.

— Não com uma boquinha desse tamanho — a Vespa insistiu. — Se cê estivesse numa briga, agora... cê ia conseguir segurar a outra pessoa pela nuca?

— Acho que não — disse Alice.

— Bom, isso é porque a sua mandíbula é curta por demais — a Vespa continuou —, mas o topo da sua cabeça até que é bem redondo.

Ele tirou a peruca enquanto ia falando, e esticou uma garra na direção de Alice, como se quisesse fazer o mesmo com ela, que no entanto se manteve afastada, e se fez de desentendida. Então ele continuou criticando:

— E o seus olhos... eles fica muito na frente, isso não tem como negar. Picisava era de um só, se não *tinha* como eles ficar mais separado...

Alice não gostava de ficar ouvindo tantos comentários pessoais, e como a Vespa já estava com um humor bem melhor, achou que já podia se despedir.

— Acho que agora eu vou indo — ela disse. — Adeus.

— Adeus, e obrigadinho — disse a Vespa, e Alice, saltitante, desceu de novo a colina, bem satisfeita por ter voltado e dedicado uns minutinhos a melhorar a situação daquela pobre criatura.

Como é a tradução, com constantes referências aos livros da Alice

por

Caetano W. Galindo

Oi.

Eu fui a Alice enquanto você estava lendo. Fui eu que dei voz a ela e àquele pessoal todo que ela encontra. Se ela falou com você, foi através de mim.

Santa responsabilidade!

Eu tenho quase cinquenta anos de idade, e já traduzi mais de cinquenta livros. De quatro línguas diferentes. Poesia rimada e sem rima, contos, romances, quadrinhos, não ficção. Cobrindo um intervalo de tempo que vai do século XVIII até o ano passado, mais ou menos. Em algum momento hei de ter pensado que, depois de tudo isso, eu até podia estar mais ou menos preparado para o projeto de finalmente traduzir os livros da Alice.

Nada, no entanto, tinha me preparado para traduzir os livros da Alice.

* * *

Eu lembro nitidamente de ter perguntado à minha filha, quando ela teria talvez seus nove anos de idade, qual era a segunda metade da frase "Ser ou não ser", e de ela responder sem titubear, mesmo sem saber exatamente de onde vinha a tal da frase. Certos fatos culturais ficam já tão vigorosamente incrustados na nossa sociedade que mal podemos nos lembrar de um mundo em que eles não estavam lá.

As quatro notas da abertura da *Quinta Sinfonia*, de Beethoven.

Hamlet.

Freud.

E a nossa Alice. Ela, também, é dessas coisas que pareceram sempre estar lá. Difícil imaginar um mundo em que ela não existisse.

Eu sou de uma geração de pessoas que quase certamente tiveram seu primeiro contato com *As aventuras de Alice no País das Maravilhas* através do desenho animado da Disney, que estreou mais de vinte anos antes de eu nascer. Meu primeiro contato como leitor "maduro", no entanto, veio durante o curso de Letras, na primeira metade dos anos 90. Foi só ali que acabei indo direto ao texto, e direto ao original também.

Isso aconteceu, portanto, quase trinta anos atrás, justamente no momento, e no ambiente, em que ainda sem saber eu começava a me encaminhar para a tradução literária como uma atividade que acabaria me ocupando um belo pedaço da vida. Logo antes de a minha filha nascer, eu me lembro de estar mergulhado de novo numa leitura de Carroll (agora não só os livros da Alice), e de inclusive ter começado a esboçar traduções de alguns poemas longos ("Phantasmagoria", "Poeta fit", "non nascitur").

Vem mais ou menos dessa época, também, minha constante obsessão com a ideia de traduzir "The Hunting for the Snark".

Acho curioso, olhando agora, que essa minha história com Carroll tenha tão claramente apontado na direção do desejo de traduzir, desde há muito tempo. Para o tipo certo de nerd, esses livros cheios de brincadeiras verbais são um convite. Por outro lado, acho ainda mais curioso que esse desejo nunca tenha se dirigido diretamente aos livros da própria Alice. Eu pensava em traduzir Carroll, mas a menina ficava meio que de lado.

Será que eu achava que eles já tinham recebido traduções demais? Será que não me julgava à altura? Será que tinha consciência de que nunca estaria pronto para eles?

E quem é que pode se julgar pronto para Alice?

Que estes livros são uma coisa singular na história da literatura eu mal preciso lembrar aqui. Que eles encontraram um nicho novo, e um lugar no coração de gerações e gerações de leitores e leitoras do mundo inteiro... Também não é necessário explicitar o quanto a própria Alice, e as figuras que ela encontra nas suas andanças, são permanentemente encantadas com a própria língua que falam, com questões de significado, de duplo sentido, da própria natureza da linguagem e dos seus usos.

Mas, mesmo assim. Do ponto de vista mais direto da operação de tradução, em termos de "oficina", ou da lida cotidiana de quem traduz, algumas coisas devem ser mencionadas. Alguns detalhes que singularizam também a experiência de "reescrever" esses textos mais uma vez, para outro público, em outro canto do mundo.

Uma coisa que muitas vezes passa despercebida, quando se pensa na tradução de um livro tão cheio de trocadilhos e pequenas graças verbais, é a quantidade considerável de versos que aparecem no texto. Até a própria Alice chega a ficar intrigada com esse hábito que as pessoas e os bichos têm nas suas andanças de começarem de repente a se pronunciar em poesia, ou a recitar poemas que já conheciam.

Esses poemas têm uma função importante no ritmo da narrativa. Eles vão pontuando os episódios e criando como que respiros, interlúdios que determinam a caminhada de Alice pelo mundo dos seus dois sonhos. Mais ou menos como na estrutura de um musical moderno, com as canções que por assim dizer interrompem a ação. Mais ainda, como eu acabei de lembrar, o fato de que existe muita poesia naquele mundo é mencionado pela própria personagem principal. Assim, fica difícil (do meu ponto de vista) apresentar um projeto de tradução que passe por cima da fronteira prosa/poesia e apresente todo o texto num registro mais familiar de romance, em termos de século XXI, sem essa interferência constante causada pelos versinhos.

Legal. Então vamos traduzir aqueles poemas como poemas.

É claro que isso sempre aumenta a dificuldade do brinquedo. Dizer "a mesma coisa" que o original fica consideravelmente mais complicado quando você precisa fazer isso num número preestabelecido de sílabas, com acentos nos lugares certos e escolhendo palavras que terminem com o mesmo tipo de som. A quantidade de regras aumenta de uma hora pra outra quando o jogo é a poesia.

Mais ainda, numa característica que se articula com outras coisas de que eu ainda quero falar aqui, esse negócio de tentar ensalsichar o conteúdo do texto original num molde bem estreitinho e cheio de determinações formais às vezes leva os tradutores a apelarem para umas palavra mais raras (curtinhas) e uns sinônimos pouco frequentes (mas que rimem), além de operarem um certo contorcionismo da frase para fazer com que as palavras se encaixem na grade de tônicas e átonas que o verso determina.

Isso é tudo mais do que válido, claro.

Mas tende a se chocar de frente com o projeto de tradução quando o texto que você está abordando foi escrito, se não necessária e unicamente "para crianças", pelo menos como algo que pode, sim, ser lido por uma criança sem uma infinidade de notas de rodapé e de dicionários.

Não dá para ser parnasiano quando se pretende manter o tom do livro original.

E não para por aí, porque com imensa frequência os poemas, nos nossos dois livrinhos em questão, tendem a ser momentos especialmente leves, divertidos, absurdos e inventivos. Eles são o contrário de uma coisa dura, embolorada e com cheiro de antiga. Essa brincadeira toda de escrever poesia se dá em termos que deveriam ser compreensíveis mesmo por leitores que não estejam habituados a ler a poesia mais complexa e tortuosa do mundo.

Isso gera uma espécie de tempestade ideal.

Cria um tipo de *santo graal* da tradução de poesia. Você precisa se manter claro, transparente e (mais ainda) divertido, mas sem abrir mão da correspondência rigorosa dos esquemas métricos e rímicos. E isso ainda se complica porque o nosso amigo Carroll era muito bom com esses esquemas, e gostava também de variar suas formas e suas fôrmas. Os poemas dos livros da Alice tendem a ser diferentes uns dos outros. De versos ora mais longos ora mais curtinhos, com estrofes de versos todos iguais ou com variações, com rimas cem por cento perfeitas ou estranhas anomalias.

Cada caso é um problema novo.

A essas alturas, eu não preciso esconder de ninguém que esse tipo de "problema" me deixa bem empolgadinho. É por essas e por outras que a gente decide, afinal, se dedicar à tradução literária. Por gostar de detectar esses problemas e por ficar intrigadíssimo (ah, que intrigação!)

com a possibilidade de refazer esses jogos e recriar esses efeitos.

Em nenhum outro lugar isso fica mais claro do que no maravilhoso poema "Jabberwocky" (aqui, "Parlengão"). Primeiro porque ele é fetiche de onze entre dez leitores e, segundo, porque ali a própria forma das palavras passa a fazer parte do jogo de atribuição (ou não) de sentido. Ele é divertidíssimo, esquisitíssimo e complicadíssimo: ele é todo "íssimo".

Para quem estuda essa área, no Brasil, há ainda o fato de que, apesar de haver várias traduções publicadas do poema (com opções bem diferentes em termos de forma, inclusive), uma delas tem um peso gigantesco na nossa tradição. Eu estou falando, é claro, do "Jaguadarte", de Augusto de Campos, que é uma daquelas traduções tão perfeitinhas e tão conhecidas que conseguem o prodígio de se transformar numa obra autônoma, independente. Mesmo numa carreira tão absurdamente fértil e sólida como a de Augusto de Campos, uma tradução como essa é uma raridade.

E aí você não só tem que traduzir, metrificar, rimar e inventar palavras, mas precisa ainda combater esse segundo monstro mítico, personificado pela presença do tal Jaguadarte que você conhece de cor, e que deve como que "exorcizar" pra poder escrever a sua versão final do poema, que, com muita, mas muita sorte mesmo, talvez algum dia caiba também no coração e na memória de alguns leitores.

Ok, a coisa só está complicando...

E, para voltar àquele outro tema, vale lembrar que mesmo num caso doido como o do "Parlengão" se mantém o problema maior. Ele precisa ser fluente e "claro", mesmo naquilo que é completamente "opaco" e impossível de entender. Essa questão de manter a "fluência" do texto dos poemas é na verdade parte de um problema geral na tradução de uma obra como esta.

Os livros da Alice são adorados por filósofos e matemáticos. Eles têm fãs de todas as idades, em todos os cantos do mundo, e geraram uma infinidade de textos paralelos, homenagens, citações, explicações, anotações e análises. Há cerca de dez anos, só para te dar uma ideia, o professor português Miguel Tamen escreveu em inglês um curioso tratado de estética chamado *What art is like, in constant reference to the Alice books (Como é a arte, com constantes referências aos livros da Alice)*, que é exatamente isso: uma bela investigação da natureza da arte, usando como teoria apenas o conhecimento que vem desses livros.

A própria Alice adoraria saber que ela hoje é motivo de interesse das pessoas mais sérias e dos textos mais profundos. No entanto, suas aventuras nos dois sonhos mais famosos da literatura mundial são as aventuras de uma criança, e foram escritas por uma pessoa que sabia como poucas se comunicar com crianças, diretamente com elas (tanto aquelas que ainda não cresceram de verdade quanto as que continuam escondidinhas dentro das pessoas que já acham que estão grandes). Nunca é demais repetir: os livros da Alice precisam conversar com as crianças, precisam ser parte de uma conversa direta entre leitores e leitoras muito jovens e aquela menina mais que centenária.

Não me entenda mal.

Adoro uma ediçãozinha anotada, e me servi bastante delas durante a minha tradução inclusive. Mas acho que esse tipo de apresentação do texto pode ficar para um segundo momento, para quem quiser ir mais a fundo no mundo da época, nas hipóteses biográficas, na interpretação do simbolismo matemático etc. E no fundo eu não sei se mesmo esse tipo de apresentação dos livros pode prescindir de uma tradução que mantenha Alice falando sua língua, e conversando com os seus iguais.

O nosso projeto aqui era outro. Era desmistificar essa Alice para especialistas, e também evitar a ideia de que, para apresentar um texto que não afastasse de vez os leitores e leitoras mais jovens, seria necessário "adaptar" ou simplificar de qualquer maneira os livros.

E isso gerou toda uma série de problemas.

Como fazer Alice falar sem soar como uma caricatura de uma menina do século retrasado e, ao mesmo tempo, sem gerar o anacronismo que seria uma criança do século XXI passando por tudo aquilo em seu lugar? Alice não pode usar um vocabulário muito nosso, mas também não pode soar engessada e empoeirada.

É outra estrada estreita a se trilhar.

E já que falamos de anacronismos, o que fazer da distância temporal?

Eu vivo tendo que lembrar aos meus alunos, por exemplo, que apesar de nós necessariamente passarmos muito tempo e gastarmos muita saliva discutindo as questões mais diretamente linguísticas do processo de tradução (ou seja, o fato de que traduzir, por definição, é pegar um texto escrito numa língua e escrever de novo em outra), outro elemento às vezes gera dificuldades e estranhamentos até maiores. Porque traduzir, mesmo no caso de obras muito recentes, é sempre vir depois. É sempre lidar com uma defasagem temporal. E tende a ser também uma questão de espaço, de distância geográfica.

Você traduz entre línguas, claro, mas também traduz de um tempo para outro, de um espaço para outro.

E quando está traduzindo um livro do século XIX, essas distâncias podem aparecer de maneiras bem dolorosas, e não só na linguagem. Meu ouvido, por exemplo, me levaria a fazer Alice chamar quase todo mundo que encontra pelo caminho de "senhor" e "senhora", porque isso me pareceria condizente com os bons modos de uma menina de seu tempo. Mas isso ia gerar um estranhamento desnecessário, hoje, e não me interessa, como não interessava a Carroll, sublinhar distâncias e inadequações.

O paradoxo, aqui, é que Alice era uma menina do seu tempo e do seu lugar e, por isso mesmo, perfeitamente normal em seu comportamento. Hoje (e aqui) se eu mantenho esse comportamento dela, a menina vai nos parecer velha, distante. E eu não quero isso. Mas se faço ela soar como nós, sem chamar atenção, desminto seu lugar e sua origem. Ora, a gente já não está fazendo a pobrezinha falar português?!

A tradução é uma brincadeira sofisticada, talvez principalmente para quem lê. É um faz de conta que pode se romper quando menos se espera, mas que é mais resistente do que imaginamos, na maior parte do tempo.

Alice deveria parecer uma menina possível no seu mundo, e deve parecer uma menina possível no mundo de hoje, do outro lado do oceano e através de todo um atlântico de distância temporal. Como explicar, ou contornar, questões que seriam claras para quem lesse o original, mas que hoje estão a quilômetros de distância da nossa compreensão e da nossa visão de mundo?

Deixa eu te dar só um exemplo.

Num determinado momento do primeiro livro, Alice encontra um curioso bichinho que se chama Mockturtle.

Só essa informação já seria suficiente para fazer uma criança esperta rir lá na Inglaterra de Carroll. Mas nós, hoje, precisamos de longas explicações para saber que, primeiro, a sopa de tartaruga era uma iguaria preciosa e estimada e, segundo, justamente por ser muito cara, ela quase nunca estava na mesa da maioria das famílias que, contudo, inventaram um jeito de fazer de conta que estavam comendo esse prato de gente rica quando perceberam que usar carne de vitela gerava um efeito muito parecido.

Honestamente, essa sopa "imitação" não era chamada de sopa de tartaruga (*turtle soup*) mas de "falsa sopa de tartaruga" (*mock turtle soup*). A sacada de Carroll foi imaginar que se a *turtle soup* era feita de carne de *turtle*, essa *mock turtle soup* só podia ser feita da carne de um bicho chamado *mock turtle*!

Na hora de desenhar o animal, é claro que seu comparsa John Tenniel, responsável pelas famosas ilustrações que acompanharam a primeira edição dos livros, foi ainda mais longe na gracinha, dando à tal da *Mockturtle* as orelhas e o rabo de uma vitela.

É possível manter a coisa mais ou menos próxima do original se eu chamar o bicho de tartaruga falsa, e pronto. Mas, convenhamos, a piada continua distante. Nós não só não tomamos sopa de tartaruga como temos ainda menos ideia de quais seriam as receitas mais fáceis de se usar para simular seu gosto.

É aí que a porca (ou a tartaruga) torce o rabo.

É aí que muitas vezes inventar e se afastar do original (como no caso da nossa Tartaruga Combatata) pode na verdade ser a maneira mais segura de se manter fiel ao que era essencial para aquele texto. A graça. A liberdade. A invenção. A leitura fluente.

Paradoxo por paradoxo, em livros tão cheios deles, é muitas vezes desviando bastante que a gente acaba acertando o alvo. Justamente por descobrir que o alvo era outro: nesse caso, fazer rir.

Mas não se deixe enganar também aqui.

Por mais que eu não pretendesse, tenho consciência de que esse processo todo de exposição de problemas e de uma ou outra possibilidade de "solução" arrisca dar a sensação de que eu sabia o que estava fazendo durante a tradução.

E eu até gosto de pensar que sabia mesmo. (Pelo menos *eu* preciso acreditar nisso, né?) Mas o que eu gosto de pensar, e que não pretendo negar aqui, é que eu sabia o que estava fazendo *durante* a tradução.

Agora, quinze minutos *antes* de começar a traduzir...? Aí eu sabia muito pouco.

* * *

Porque eu aprendi bastante coisa com esses outros livros que traduzi antes de chegar a você, Alice.

Aprendi a traduzir poesia, prosa, contos, piadas, trocadilhos, diálogos. Aprendi onde procurar as coisas que eu não sei. Aprendi a confiar nas coisas que eu sinto que sei. Aprendi disciplina de trabalho, método. Aprendi a não querer me forçar a trabalhar com disciplinas e com métodos que me sejam estranhos. Aprendi a dormir com a corcunda que eu já tinha, e que foi ficando mais pronunciada com o passar dos anos.

Mas nada do que eu tinha aprendido, no fundo, me deixou preparado pra traduzir você. Apesar de, por alguns segundos, eu ter pensado que esse talvez fosse o caso.

Todas essas coisas que eu mencionei aqui, esses problemas e especificidades dos teus livros, eram sem dúvida coisas que eu conhecia antes de sentar para traduzir a primeira palavra. São temas e obsessões muito estudados na prática de tradução. E eram questões que eu já sabia que teriam um lugar muito especial neste projeto que, num sentido bem especial, eu sentia que tinha passado décadas me preparando para aceitar.

Quando eu abri um documento chamado "alice", dentro de uma pasta chamada "carroll" no meu computador;

quando abri numa janela ao lado dele o original da primeira edição do livro e me preparei para começar a traduzir, eu já tinha pensado nessas coisas, muitas vezes, e tinha todo um conjunto de ideias, de propostas e de "respostas".

Eu vinha pensando nos problemas de tradução de Carroll, e desses livros, desde mesmo antes de me tornar tradutor. E agora, com essas décadas de estrada, eu sentia que sabia como fazer, por onde começar, que tom adotar, que escolhas fazer. Eu achava que estava finalmente pronto, preparado.

Isso, no entanto, durou umas duas linhas.

Sabe, leitor, leitora, aquelas entrevistas em que os escritores às vezes falam que tal personagem ficou maior do que eles imaginavam enquanto escreviam o livro, e que eles sentiram que perderam o controle, e que o livro estava se escrevendo sozinho?

Eu nunca senti isso tão claramente durante uma tradução quanto nesse primeiro dia de trabalho com a Alice.

Tudo que eu achava que sabia, que tinha entendido, e que tinha decidido foi simplesmente jogado fora, porque o texto de cara começou a me dizer como queria ser traduzido. Ele foi se traduzindo do jeito "certo", enquanto as minhas mãos obedeciam e a minha cabeça ficava, novamente, intrigadíssima.

Mas também fascinada. E logo, logo mesmo, eu percebi que não adiantava resistir. Que aquele jeito, aquele tom, era o único que me parecia certo, e bom, mesmo que eu não tivesse exatamente planejado as coisas daquele jeito. Mesmo que ele só tivesse aparecido na hora em que eu comecei a escrever as frases ditas pela Alice do jeito que, me parecia, ela queria que eu escrevesse.

A Alice tem uma voz, um estilo e uma inteligência que eu não tenho. E nisso, como em tantas outras coisas, para tantas outras pessoas ao longo desses anos todos, ela simplesmente não aceitou ser conduzida por onde não quisesse ir.

É, como já sabe aquele filósofo português (que aliás tinha mais ou menos a minha idade quando escreveu o seu tratado), uma coisa que a gente aprende numa vida inteira lendo e relendo os livros dessa menina: é sempre melhor deixar ela te levar pela mão.

Você aprende coisas que nem intuía antes; e acima de tudo você se diverte muito mais.

Obrigado, de novo, Alice.

CAETANO W. GALINDO é professor da UFPR. Nasceu em Curitiba, onde mora ainda hoje, acompanhado de um piano que não toca, de milhares de livros que não leu e de uma esposa que não merece. Escreveu o guia *Sim, eu digo sim: uma visita guiada ao Ulysses de James Joyce* (Companhia das Letras, 2016) para acompanhar sua tradução do romance e mais recentemente o livro *Latim em pó: um passeio pela formação do nosso português* (Companhia das Letras, 2023). É pai de sua própria Beatriz e tio de sobrinhos fascinantes.

Alice: enigmas, mistérios e espelhos

por

Jacques Fux

Agora que estamos para lá — e também para cá e acolá — de encantados e enrolados com as histórias complexas, convexas e perplexas da pequena, grande e espichada Alice, que tal voltarmos à toca do coelho para nos aprofundar nos segredos e enigmas da lógica, da matemática e da psicanálise?

Mas aqui de antemão já começamos com um probleminha-problemão: lógica quer dizer razão, ideia que vem lá do grego *logike* — mas não é aparentemente isso que falta nas aventuras de Alice?

Bom, diria sim e não, afinal, as ideias aqui seguem uma lógica específica — a tão falada lógica do nonsense! Mas o que ela propõe, de acordo com o filósofo francês Gilles Deleuze[1], não é trabalhar com o avesso ou a negação do sentido, mas revelar, garças-graças aos mundos criativos da ficção, novos sentidos antes escondidos, deglutidos e invertidos.

Então vamos começar este texto-pretexto seguindo o conselho-centelho do Rei:

---

1 DELEUZE, Gilles. *Lógica do sentido*. Trad. Luiz Roberto Salinas Fortes. São Paulo: Perspectiva, 2009.

O Coelho Branco pôs os óculos.

— Por onde eu devo começar, Vossa Majestade? — ele perguntou.

— Comece pelo começo — o Rei disse com seriedade —, e vá lendo até chegar no fim; aí você pode parar.

Parece óbvio, certo? Mas não é — como nada é o que aparenta ser e não ser (eis a questão também) em *Alice*. Muitas vezes não começamos as coisas pelo início e nem sempre chegamos até o final, correto? O problema fica ainda mais interessante se pensarmos, por exemplo, numa figura matemática como a circunferência: afinal de contas, onde ela se inicia e onde termina? E nessas aventuras de Alice, que são repletas de problemas lógicos e matemáticos, como começar pelo começo e chegar até o final sem se perder por teorias, alegorias e calorias?

E bota caloria nisso!

Bom, Carroll sabia brincar e nos provocar com enigmas, pois era professor justamente de lógica e matemática. Na seguinte passagem, por exemplo, além de brincar com as palavras (algo recorrente), ele nos apresenta temas matemáticos:

— E quantas horas por dia duravam essas aulas? — disse Alice ansiosa para mudar de assunto.

— Dez horas no primeiro dia — disse a Tartaruga Combatata —, nove no seguinte, e assim por diante.

— Que ideia mais curiosa! — exclamou Alice.

— É por isso que o lugar é chamado de escola — o Grifo comentou —, porque descola uma hora por dia.

Alice nunca tinha pensado nisso, e refletiu um pouco antes de fazer seu comentário seguinte:

— Então o décimo primeiro dia devia ser feriado.

— Mas claro — disse a Tartaruga Combatata.

— E o que é que vocês faziam no décimo segundo? — Alice prosseguiu curiosa.

— Chega de falar de aulas — o Grifo interrompeu num tom muito decidido —, fale pra ela dos jogos, agora.

O que aconteceria no feriado, então? E no décimo segundo dia? Podemos pensar que o feriado representa o número zero — um conceito complicado, já que foram necessários milhares de anos para que o "nada", o "vazio", fosse inventado-descoberto[2] (pensem nos problemas dos manos-romanos: como escrevemos zero em algarismos romanos?[3]). E o que se passaria no décimo segundo dia? Bom, será que aí não se iniciaria o conjunto dos números

---

2 A pergunta se a matemática é inventada ou descoberta é um problema sem solução; está relacionada a uma crença, uma postura filosófica. Os platônicos, por exemplo, acreditavam que a matemática era uma descoberta que podia revelar os mistérios escondidos do mundo. Que, por meio da matemática, poderiam descriptografar os padrões secretos da natureza; seríamos apenas intérpretes-decodificadores de um código ou linguagem preexistente no Universo. Há também os que acreditam que a matemática seja apenas uma invenção, assim como qualquer jogo: um sistema de manipulação de símbolos artificiais ou de regras sem razão inerente (como o jogo de futebol ou basquete), criado pelo ser humano para tentar "explicar/adaptar/interpretar" o mundo sensível que os cerca. Para saber mais: FUX, Jacques. *Literatura e matemática: Jorge Luis Borges, Georges Perec e o OULIPO*. São Paulo: Perspectiva, 2019.

3 Não tem como! Essa ideia ainda não havia sido criada ou descoberta! Para saber mais: FUX, Jacques. *O enigma do infinito*. Curitiba: Maralto, 2019.

negativos? O décimo segundo dia representaria o −1, o décimo terceiro o −2 e assim por diante — infinitamente, afinal, o conjunto dos números inteiros é infinito (basta você somar mais um do lado positivo e diminuir um do negativo para sempre — pode começar!). Ou seja, Carroll estaria nos apresentando o conjunto dos números inteiros de forma divertida e imaginativa.

Parece brincadeira — e realmente é! A matemática e a lógica gostam de uma coisa que chamo de "ao pé da letra". Na seguinte passagem, Carroll brinca bastante com isso:

> — Só olhe estrada abaixo e me diga se consegue ver um deles.
> — Ninguém na estrada — disse Alice.
> — Quem dera *eu* tivesse esses olhos — o Rei comentou amedrontado. — Imagine conseguir enxergar Ninguém! E dessa distância! Ora, com essa luz eu mal consigo ver as pessoas que existem!
> Alice não prestou atenção em nada disso, pois ainda estava observando a estrada, protegendo os olhos com uma das mãos.

Aqui Carroll considera "ninguém" como algo-alguém que existe — poderia ser o nosso amigo zero, por exemplo, que embora represente o "nada", o "vazio" ou "ninguém" é um número ou um conjunto existente — e sua presença (ou ausência) é sempre notada, ainda que borrada.

Nesta outra passagem, percebemos novamente a lógica do pé da letra:

> — Estou ficando tonto… me dê uma linguiça!
> Ao ouvir isso, o Mensageiro, para grande diversão de Alice, abriu um saco que trazia pendurado

no pescoço e passou uma linguiça ao Rei, que a devorou faminto.

— Outra linguiça! — disse o Rei.

— Agora só sobrou losna — o Mensageiro disse, espiando dentro do saco.

— Losna, então — o Rei murmurou num sussurro bem baixo.

Alice ficou contente ao ver que aquela comida o deixou bem mais alerta.

— Nada como um pouco de losna quando você está se sentindo fraco — ele comentou com ela, enquanto ia bebendo.

— Eu achava que jogar água fria na pessoa era melhor — Alice sugeriu. — Ou sais aromáticos.

— Eu não disse que não existia algo *melhor*. Eu disse que nada era *como* um pouco de losna. — O que Alice nem se arriscou a contestar.

Podemos perceber como a lógica é aquilo que é e pronto-ponto-final: afinal, não há realmente nada como comer losna quando você está se sentindo fraco (não adianta comer cenoura, vassoura e nem salmoura, já que losna não é igual a cenoura, vassoura ou salmoura — e nem a outra coisa que não a própria losna). Enfim, isso é tudo que podemos concluir a respeito dessa afirmação (o julgamento de valor não está inserido nessa sentença lógica).

Seguindo nesse assunto, há uma parte bem intrigante que nos mostra mais dessas questões lógicas:

— Argh, Serpente!

— Mas eu estou te dizendo que eu *não sou* uma serpente! — disse Alice. — Eu sou uma... eu sou uma...

— Então! Você é *o quê?* — disse a Pomba. — Dá pra ver que você está tentando inventar alguma coisa!

— Eu... eu sou uma menininha — disse Alice, sem muita convicção, por lembrar a quantidade de mudanças que tinha sofrido naquele dia.

— Mas bem parece mesmo! — disse a Pomba num tom do mais profundo desdém. — Eu já vi muita menininha nessa vida, mas *nunca* nenhuma com um pescoço desses! Não, não! Você é uma serpente; nem adianta negar. Imagino que daqui a pouco você vai querer me dizer que nunca comeu um ovo na vida!

— Mas *claro* que eu comi ovos — disse Alice, que era uma criança muito honesta —, mas é que as menininhas comem tanto ovo quanto as serpentes, sabe?

— Não acredito — disse a Pomba —, mas se isso for verdade, eu só posso dizer que elas também são um tipo de serpente.

Considerando a lógica matemática, a conclusão da Pomba é certeira: Alice é um tipo de serpente, já que as serpentes têm pescoço comprido e comem ovos; e Alice está com o pescoço comprido e come ovos.

Outra passagem interessante é quando Alice brinca com a propriedade comutativa — aquela que a gente sempre escutou que a ordem dos operandos-fatores não altera o resultado ($a + b = b + a$ ou $a \times b = b \times a$) — mas, já que estamos nesse mundo do *sense*-nonsense, talvez também aqui essa propriedade não seja válida.

— Então você devia dizer o que quer dizer — a Lebre de Março acrescentou.

— Mas eu digo — Alice replicou apressada —; pelo menos... pelo menos eu quero dizer o que eu digo... é a mesma coisa, sabe.

— Mas não mesmo! — disse o Chapeleiro.

— É a mesma coisa que você dizer que "Eu vejo o que quero comer" é o mesmo que "Eu como o que quero ver"!

— É a mesma coisa que você dizer — acrescentou a Lebre de Março — que "Eu aprecio o que quero ter" é o mesmo que "Eu tenho o que quero apreciar"!

— É a mesma coisa que você dizer — acrescentou o Hamster, que parecia falar dormindo — que "Eu respiro quando quero dormir" é o mesmo que "Eu durmo quando quero respirar"!

A propriedade comutativa na matemática não é sempre verificada — existem, por exemplo, operações com matrizes (multiplicação) nas quais a ordem dos fatores altera, sim, o resultado — como foram os casos tratados de forma divertida-invertida pelo nosso invertido-divertido Carroll. A ordem altera: ela muda e transmuta o significado e a semântica da frase — ou a frase da semântica!

Na mesma época de Carroll, os axiomas (verdades ou afirmativas inquestionáveis) de Peano (Giuseppe Peano) foram criados (ou descobertos) e passaram a ser utilizados. Além de definir o zero (axioma: 0 é um número natural) e acabar logo com os problemas do vazio, do nada, do ninguém, há também a sistematização[4] das ideias de

---

4 Alguns acreditavam (ou acreditam) que os "axiomas" eram verdades inerentes e inquestionáveis; que eram as leis que sustentavam a natureza. Outros enxergavam (ou enxergam) que esses "axiomas" são apenas regras artificiais.

igualdade: Axioma: para todo natural x, x = x (reflexiva); axioma: para todos os números naturais x e y, se x = y, então y = x (igualdade é simétrica); axioma: para todos os números naturais x, y e z, se x = y e y = z, então x = z (igualdade é transitiva). Como será que Carroll discute essas questões de forma lúdica?

No mundo do espelho, isso se torna interessante! Por exemplo, aqui o Rei-ieR precisa ter dois Mensageiros:

> — Eu preciso ter *dois*, sabe... pra ir e vir. Um vai e outro volta.
>
> — Como assim? — disse Alice.
>
> — Come assado — disse o Rei.
>
> — Eu só quis dizer que não estava entendendo — disse Alice. — Por que um pra ir e um pra voltar?
>
> — Eu não te disse? — o Rei repetiu impaciente. — Eu preciso ter *dois*, pra buscar e levar. Um vai buscar e outro vai levar.

No mundo do espelho, se enquanto um vai o outro volta, enquanto um roda para um lado, o outro roda para o outro, certo? E será que esse que vai é "igual-igualzinho" ao que volta? O axioma da igualdade se verifica? Afinal, se um levanta a mão direita de um lado do espelho o outro levanta é a mão esquerda, não? (Imaginem que quem escreve este texto não sou "eu", mas o meu "eu" do espelho — então será que vocês podem acreditar ou desacreditar em mim?). Em uma parte do *Espelho*, há uma questão bem parecida com essa:

> — Eu só queria ver como era o jardim, Vossa Majestade...

— Muito bem — disse a Rainha, dando tapinhas na cabeça de Alice, que não gostou nada nada —, se bem que, se você chama isso aqui de "jardim"... *Eu* já vi jardins que em comparação faziam esse aqui parecer um matagal.

Alice nem se atreveu a discutir, mas continuou:

—... e eu pensei em tentar chegar até o topo daquela colina...

— Se você chama aquilo ali de "colina" — a Rainha interrompeu —, *eu* podia te mostrar umas colinas que em comparação iam fazer você chamar aquela ali de vale.

— Mas eu não ia chamar — disse Alice, que de tão surpresa acabou contradizendo a Rainha.

— Uma colina *não pode* ser um vale, sabe. Isso seria bobagem...

A Rainha Vermelha sacudiu a cabeça.

— Pode chamar de "bobagem" se quiser — ela disse —, mas *eu* já ouvi bobagens que em comparação faziam essa parecer lúcida como um dicionário!

A Rainha, já que está através do espelho, brinca com a lógica invertida: se a Alice fala do jardim, ela fala que aquilo está mais para um matagal; se a Alice fala colina, a Rainha fala que aquilo mais parece um vale; se Alice fala uma bobagem, a Rainha busca o contrário da bobagem na lucidez do dicionário. (Ou seja, a partir dessa lógica, só acredite em mim se eu ou você soubermos quem somos e não estivermos no espelho!)

Saber quem somos nós — e ainda ter que desatar esse nós —, é um problema filosófico e psicanalítico. Coitada da Alice! Porém, mesmo nessa lógica nonsense, Alice sabe que não sabe, ou sabe aparentemente que está errada e quer nos enganar, como mostra esta passagem:

— Que coisa, que coisa! Está tudo tão esquisito hoje! E ontem estava bem normal. Será que eu fui trocada por alguém durante a noite? Deixa eu pensar: eu era a mesma quando acordei hoje de manhã? Estou quase achando que me lembro de estar meio diferente. Mas se eu não sou a mesma, a questão seguinte é: quem é que eu sou, afinal? Ah, mas *aí* é que está o enigma! — E começou a pensar em todas as crianças da sua idade que conhecia, para ver se podia ter sido trocada por uma delas. — Certeza que eu não sou a Ada, porque o cabelo dela faz uns cachos tão compridos, e o meu não tem cacho nenhum; e certeza que a Mabel é que eu não posso ser, porque eu sei uma montoeira de coisas, e ela, ah!, ela sabe tão pouquinho! Além de tudo, *ela* é ela, e *eu*, eu, e... ah, céus, situaçãozinha mais confusa! Deixa ver se eu sei tudo que eu sabia. Vejamos: quatro vezes cinco é doze, e quatro vezes seis é treze, e quatro vezes sete é... ah, céus! Desse jeito eu nunca chego em vinte! Tudo bem que a Tabuada não tem tanta importância; vamos ver Geografia. Londres é a capital de Paris, e Paris é a capital de Roma, e Roma... não, está *tudo* errado, certeza!

Puxa... isso tá parecendo loucura, não é? E a gente não quer estar no meio de gente louca! Mas na passagem seguinte, Carroll, mais uma vez usando a lógica, mostrou que não tem como, que a gente sempre estará no meio de gente louca — e que a gente sempre será uma delas — se concordarmos com certas premissas:

— Mas eu não quero ver gente louca — Alice comentou.

— Ah, mas não tem como evitar — disse o Gato. — Todo mundo é louco por aqui. Eu sou louco. Você é louca.

— Como é que você sabe que eu sou louca? — disse Alice.

— Deve ser — disse o Gato —, senão você não tinha vindo. Alice não achou que isso fosse prova; no entanto, continuou:

— E como é que você sabe que é louco?

— Pra começo de conversa — disse o Gato —, um cachorro não é louco. Você concorda com isso?

— Acho que sim — disse Alice.

— Pois então — o Gato continuou —, o cachorro rosna quando está bravo e balança o rabo quando está feliz. Já *eu* rosno quando estou feliz e balanço o rabo quando estou bravo. Portanto, eu sou louco.

Por falar em rosnar e balançar o rabo (loucuras que a gente faz pelo menos uma vez por dia no espelho), tem gente que diz que estudar Alice é se adentrar por um mundo de sonhos buscando por simbologias, mistérios e segredos do inconsciente. Mas seria o sonho e o inconsciente de quem? Da própria Alice, a personagem, ou da garota Alice Liddell, para quem o autor escreveu estes livros? Ou seriam o sonho, o inconsciente e os desejos recalcados do próprio autor? Será que ele imaginou que esses sonhos e espelhos se passavam também na cabecinha da Alice?

Bom, o fato é que, além de provocar e perturbar os matemáticos e lógicos por décadas em busca de soluções para seus enigmas, as aventuras de Alice também tiraram o sono de vários psicanalistas. Psicanalistas que enxergaram a riqueza-firmeza-estranheza da obra e do autor.

Falando em cenas-sonhos, uma das que mais chamou a atenção de psicanalistas e escritores (Jorge Luis Borges e James Joyce, por exemplo) é a seguinte:

— Agora ele está sonhando — disse Tweedledee —; e com que você acha que ele está sonhando?

Alice disse:

— Isso ninguém pode saber.

— Ora, é com você! — Tweedledee exclamou, batendo palmas triunfante. — E se ele parasse de sonhar com você, onde é que você acha que você ia estar?

— Onde eu estou agora, é claro — disse Alice.

— Não você! — Tweedledee respondeu cheio de desdém. — Você não estaria em lugar nenhum. Ora, você é só uma coisa de um sonho dele!

— Se aquele Rei acolá acordasse — acrescentou Tweedledum —, você ia apagar, bum! igualzinho a uma vela!

— Não ia não! — Alice exclamou indignada.

— Além do mais, se eu sou só uma coisa num sonho dele, o que é que são vocês, por acaso?

— Idem — disse Tweedledum.

— Idem, ibidem — gritou Tweedledee.

Ele gritou isso tão alto que Alice não conseguiu se conter e disse:

— Silêncio! Vocês vão acabar acordando o Rei com essa barulheira.

— Bom, não adianta nada você ficar falando de acordar o Rei — disse Tweedledum —, se você é só uma coisa de um sonho dele. Você sabe muito bem que não é de verdade.

> — Eu sou de verdade! — disse Alice, e come-
> çou a chorar.
>
> — Você não aumenta nada a sua verdadação
> se ficar chorando — Tweedledee comentou. —
> Não tem por que chorar.
>
> — Se eu não fosse de verdade — Alice disse,
> quase rindo entre as lágrimas, de tão ridículo que
> aquilo tudo parecia —, eu não ia conseguir chorar.

Saber quem sonha, se tudo é um sonho, se estamos imer-
sos em sonhos de outros que estão nos sonhando chamou a
atenção para a riqueza ficcional, lúdica e analítica de Carroll.

No importante livro *Os chistes e sua relação com o inconsciente*, escrito no início da década de 1900, Freud (especialista em sonhos, assim como Carroll) discutiu a relação das
piadas, do lúdico e do humor relacionando-os com as suas
"verdadeiras" motivações. Para ele, o chiste está sustentado
em algumas técnicas, a meu ver, utilizadas consciente e in-
conscientemente tanto pelo autor quanto pelo narrador des-
tes livros. Alguns exemplos são: a condensação — junção de
duas ou mais palavras ou expressões para formar um equí-
voco; deslocamento — quando se desloca o sentido de uma
expressão para a compreensão do discurso; duplo sentido
— outro sentido que não o "óbvio"; trocadilho ou chiste por
semelhança — expressão que se refere a um outro sentido;
representação antinômica — quando se afirma algo e logo
em seguida a contradiz.

Então, para Freud, o chiste é também uma forma interessante e importante de expressão do inconsciente. As piadas
servem para esconder-liberar-libertar pensamentos inibidos
e desejos recalcados e libidinosos. A lógica do nonsense de
Carroll é, muitas vezes, um grande chiste, e não algo louco,
absurdo e aleatório, pelo contrário: seus jogos de palavras e

rimas, seus equívocos (essas trocas de palavras que inquietam), lapsos, atos-falhos, palavras-valises (aglutinação-amálgama de palavras, criação de Carroll) libertaram o espírito, os recalques e produziram o riso. Vários trabalhos analíticos-psicanalíticos-apocalípticos sobre *Alice* buscam decifrar a simbologia inconsciente dos seus personagens, algumas vezes relacionando-os com aspectos e momentos da própria biografia do autor. Alguns estudos argumentam que as aventuras de Alice só foram escritas por conta desse amor (condicional, incondicional e recalcado) que Carroll idealizou pela "verdadeira" Alice Liddell.

O escritor americano Saul Bellow, agraciado com o Prêmio Nobel, uma vez disse: "Uma grande obra só pode ser avaliada como tal após ter sobrevivido aos anseios de pelo menos três gerações de leitores". *Alice* e seus problemas psicanalíticos, existenciais, lógicos e matemáticos comovem, envolvem, locomovem leitores, estudiosos, tradutores e resenhistas há mais de 150 anos — e podem colocar mais 150 anos nisso, afinal, estes livros não têm fim. Eu poderia continuar falando e sonhando com Alice para sempre! E para sempre encontraria mais e mais interpretações encantadas e invenções enroladas.

♥ ♥ **Através do espelho e o que Alice viu por lá** ♥ ♥

JACQUES FUX é escritor, tradutor e professor. Matemático, mestre em Computação, doutor em Literatura pela UFMG e pela Université de Lille 3. Foi pesquisador em Harvard. Autor de *Literatura e matemática*, vencedor do Prêmio Capes; *Antiterapias*, vencedor do Prêmio São Paulo; *Brochadas*, Prêmio Cidade de Belo Horizonte; *Meshugá: um romance sobre a loucura*, vencedor do Prêmio Manaus; *Georges Perec: a psicanálise nos jogos e traumas de uma criança de guerra*; *O enigma do infinito*, finalista do Prêmio Barco a Vapor e Jabuti e Selo Altamente Recomendável FNLIJ; *Ménage literário*; *Mary Anning e o pum dos dinossauros*; *As coisas de que não me lembro, sou* e *Herança*. Seus livros e textos foram publicados na Itália, México, Peru, Israel, EUA e França.

♥ ♥ ♥ ♥ ♥ ♥   ♥ ♥ ♥ ♥ ♥ ♥

Alice no País das Maravilhas

por

Isabel Lopes Coelho

"Eu... eu sou uma menininha." É dessa maneira que Alice tenta se definir para a Pomba em uma das várias recorrências em que a personagem se vê diante do questionamento "quem sou eu / quem é você" ao longo da narrativa. A resposta, ao mesmo tempo hesitante e resignada, denota a perda de referência do mundo objetivo e dos alicerces que suportam as barreiras entre o real e o imaginário. Assim, o País das Maravilhas ganha contornos sólidos, além de impor regras inusitadas — desde atmosféricas às de etiqueta, julgando Alice por sua falta de conhecimento das leis básicas de convívio nesse lugar desconhecido. Afinal, a menina realmente é um ser estranho nesse mundo.

No entanto, o comportamento inadequado de Alice é absolutamente compreensível dentro dos limites da narrativa. Pois a menina de educação vitoriana, preparada para seguir uma trajetória lógica e previsível, de fato não tem a elasticidade mental necessária para o "imaginar", característica essencial do País das Maravilhas, que, inclusive, está na raiz de seu nome original em inglês, Wonderland ("terra da imaginação").

É por meio de comentários do narrador e também pelos pensamentos da protagonista que conhecemos Alice, em trechos como: "Alice tinha aprendido muitas coisas como essa em suas aulas na escola, e apesar de esta não ser uma oportunidade lá muito boa para se exibir com o que sabia"; ou então "Ela normalmente se dava excelentes conselhos (apesar de quase nunca seguir), e às vezes tomava broncas tão duras de si própria que ficava com os olhos cheios d'água [...] essa criança curiosa gostava muito de fingir que era duas pessoas".

Pode-se inferir que Alice era estudiosa, preocupada em criar e manter uma imagem culta e elitista — de fato, o comportamento esperado de uma menina vitoriana. Aqui se faz necessário explicar que o período vitoriano tinha grande apreço pela infância, observando esse momento da vida com o otimismo de uma sociedade potente e também como uma fase repleta de inocência. É justamente essa criança modelo que Alice pretende ser. Mas se no mundo objetivo Alice é um exemplo, no País das Maravilhas seus conhecimentos são confrontados pelo nonsense.

Nonsense, para leitores do português, é um termo espinhoso. A tendência é lermos como algo que não tem sentido, quando a definição correta é exatamente o contrário. Ana Maria Machado sintetiza bem a problemática da tradução, ao dizer que se trata de: "Um termo que não tem tradução exata em português, mas que não designa uma coisa sem sentido, e sim algo que tem um sentido inverso, uma lógica ao contrário, vizinha do absurdo, mas nem por isso menos lógica".[1] O crítico de literatura infantil Humpfrey Carpenter vai a fundo em sua análise sobre o nonsense em Lewis Carroll, chamando-o de mestre do nonsense ao transformar "uma ideia simples perseguida por uma

---

1 MACHADO, Ana Maria. "Um passeio inesquecível." In: CARROLL, Lewis. *Alice no País das Maravilhas*. São Paulo: Ática, 2020.

cruel literalmente cômica até o seu limite".[2] A definição de Carpenter é precisa ao unir o elemento cômico à verdade, despida de qualquer interpretação, cujo resultado é uma "piada sem graça". Porém, é exatamente por meio do cômico que a intenção se revela. Pois o que torna Alice um livro enigmático para uns e incompreensível para outros é a lógica reversa que o leitor ora rejeita sob o argumento de ser muito complexo, ora aceita sob o argumento de "não ter explicação".

Esses dois extremos falham em perceber as nuances do texto, que, como uma operação matemática, construídas a partir de muita lógica, escancaram os abusos e a rigidez da vida e da educação do período vitoriano. No momento em que o livro de Carroll foi publicado, a Inglaterra vivia uma era de grandes mudanças, especialmente pelo advento da Revolução Industrial. A nova forma de produção exigia grande disciplina e rotinas severas, conduta moldada dentro dos muros das fábricas e que logo ganhou as salas de aula. Outra notória intelectual que estuda o período, Jackie Wullschläger, exemplifica bem esse momento ao dizer que: "No nonsense dos livros de Alice, Carroll destilou traços e características que faziam parte do dia a dia da vida. A Rainha Vermelha, correndo cada vez mais rápido para não sair do lugar, é a quintessência do frenético e ambicioso capitalismo na nova Inglaterra industrial".[3]

Assim, não apenas era esperado das crianças que fossem obedientes, mas também que almejassem a vida

---

2 CARPENTER, Humphrey. *Secret Gardens: the Golden Age of Children's Literature. From Alice's Adventures in Wonderland to Winnie-the-Pooh.* Boston, MA: Houghton & Mifflin Company, 1985.

3 WULLSCHLÄGER, Jackie. *Inventing Wonderland: The Lives and Fantasies of Lewis Carroll, Edward Lead, J. M. Barrie, Kenneth Grahame and A. A. Milne.* Nova York: The Free Press, 1995.

laboriosa dos adultos. Alice, como exemplo dessa menina, questiona esse lugar de regras próprias e, aos seus olhos, incompreensíveis: "'Que faltação de estar em casa', pensou a pobre Alice, 'sem ficar crescendo e diminuindo, e recebendo ordem de camundongos e coelhos. Eu estou quase arrependida de ter descido por aquela toca de coelho... por outro lado... por outro lado... é bem curiosa, sabe, essa vida de agora! Eu continuo aqui pensando o que é que pode ter acontecido comigo! Quando eu lia contos de fadas, eu pensava que aquelas coisas nunca aconteciam, e agora eu estou no meio de uma história daquelas!'".

A convivência de Alice entre dois mundos — o "em casa" e o dos "contos de fadas", Londres e o País das Maravilhas — consagrou-se como uma estratégia narrativa que seria apropriada em outras obras contemporâneas ao trabalho de Carroll. A literatura inglesa do final do século XIX, especificamente nas obras pertencentes à Era de Ouro da literatura infantil, viu florescer uma série de histórias com apelo ao fantástico e à fantasia. Essa sensação é particularmente criada pelo recurso dos universos paralelos aos mundos objetivos, algo conhecido na teoria literária como "escapismo". Assim, passeamos pelo curioso País das Maravilhas, vivemos aventuras na Terra do Nunca, encontramos a sensibilidade nos Jardins Secretos e exploramos a liberdade em Arcádia. Se cada lugar fantástico tem o seu propósito para cada uma das histórias à qual pertence, sua função narrativa tem algo em comum. Em geral, tais espaços servem como um escape para o mundo subjetivo, uma maneira de a personagem — em geral, uma criança — encontrar o seu self, confrontando medos e desejos de modo que possa se conhecer melhor.

Um segundo aspecto que caracteriza esses lugares é a separação dos mundos dos adultos e das crianças, permitindo que as personagens criem outras referências apartadas da vida ordinária que oprime a liberdade das crianças. É por meio da ludicidade que os heróis e heroínas do século XIX perceberão o quanto de suas infâncias foi alijado na vida monótona e previsível de suas famílias vitorianas.

Nesse sentido, o País das Maravilhas se torna uma metáfora bem-humorada e inteligente da vida inglesa, com seus personagens mandões, seus dizeres malucos, comandados por uma Rainha severa e intolerante. E a menina Alice, tão segura de si, é retratada como uma figura perdida e insolente. Tal confronto resulta na perda das referências, e o autoquestionamento é mais uma vez resgatado: "Que coisa, que coisa! Está tudo tão esquisito hoje! E ontem estava bem normal. Será que eu fui trocada por alguém durante a noite? Deixa eu pensar: eu era a mesma quando acordei hoje de manhã? Estou quase achando que me lembro de estar meio diferente. Mas se eu não sou a mesma, a questão seguinte é: quem é que eu sou, afinal? Ah, mas aí é que está o enigma!".

Alice convida o leitor criança a se perguntar: quem somos nós nesse mundo maluco, que não fala a nossa língua, que não respeita nossa puerilidade?... Eis um grande enigma. Esse processo que Alice vive, de perder sua identidade, de se questionar o tempo todo, flerta com uma novidade do período: o conceito freudiano de histeria. Ainda que não se possa supor que Carroll acompanhasse os escritos de Sigmund Freud — lembrando que *Estudos sobre a histeria* foi publicado posteriormente ao livro de Carroll —, é tentador estabelecer essa relação, quando pensamos na representação do feminino. O conceito de histeria como termo psicanalítico surge em Freud, mas sua origem remonta dos gregos, especificamente em Hipócrates. Do termo *hystero*, que se traduz por "útero", a histeria qualifica as mulheres que apresentavam manifestações "fora do padrão comportamental", cujos sintomas variam da perda do referencial real a alucinações e agitação. Ao longo da história, não é incomum encontrarmos casos de mulheres questionadoras que foram silenciadas por um pseudo diagnóstico e tratadas como doentes e loucas. Ainda que a histeria de fato possa ser diagnosticada, o "tratamento" legitimado pela medicina em várias situações servia para calar as mulheres. A imagem da mulher ocidental histérica perpetuou — e, de certa maneira, ainda perpetua — em diversas representações, inclusive da menina Alice em questão. Um dos momentos mais emblemáticos dessa situação é o diálogo com a Lagarta, no qual se lê:

— Quem é você? — disse a Lagarta.

Não era um começo de conversa muito promissor. Alice respondeu, um tanto tímida:

— Eu... eu mal sei, meu senhor, neste momento... pelo menos eu sei quem eu era quando acordei hoje cedo, mas acho que de lá pra cá eu já mudei várias vezes.

— Como assim? — disse a Lagarta com seriedade. — Pode ir se explicando!

— Infelizmente, eu não tenho como me explicar, meu senhor — disse Alice —, porque eu não sou eu, sabe.

— Não sei — disse a Lagarta.

O diálogo é hilário. Alice hesita de maneira acanhada em responder, pois não sabe de fato o que ela se tornou ou o que vai se tornar. A Lagarta, por sua vez, no limite do *gaslighting*, insiste em não compreender a menina — justo ela, que logo mais vai se transformar em uma borboleta. Perturbada, Alice tira sua máscara de sabichona e assume o papel da garota histérica. A cena tem importância central

Através do espelho e o que Alice viu por lá

na narrativa, uma vez que também pode ser lida como uma grande metáfora dessa Inglaterra em constante mudança e que, exatamente por isso, não consegue se reconhecer em si mesma.

Fato é que quem entra na toca do coelho do País das Maravilhas tende a não sair mais — ou a ver tantas conexões que é fácil se perder nos caminhos do livro, como se estivesse puxando o fio de Penélope. Nesse sentido, muito já foi dito sobre *As aventuras de Alice no País das Maravilhas* e é sempre um desafio achar um lado do caleidoscópio que permanece sem luz. Mais uma vez, Carpenter pontua a importância dessa obra centenária: "Comumente se diz que Alice espantou a poeira da literatura infantil, e marcou a chegada da 'liberdade do pensamento nos livros para crianças'". Mas fez muito mais do que isso. Criou uma nova linguagem, ainda que disfarçada, codificada, em prol da necessária rejeição do velho e seguro sistema de crenças (CARPENTER, 1985). E é por isso que novas edições e traduções emergem para nos lembrar de conquistas da literatura que nunca podem ser perdidas: a liberdade da língua, a transgressão do pensamento, o questionamento das normas e do *status quo*.

ISABEL LOPES COELHO é editora especialista em literatura infantil e juvenil, doutora em Teoria Literária e Literatura Comparada pela USP, com pesquisa sobre o romance juvenil no século XIX. Seu livro *A representação da criança na literatura infantojuvenil* (Perspectiva, 2020) recebeu o prêmio de melhor livro teórico da FNLIJ.

Dados Internacionais de Catalogação na Publicação (CIP)

C319a

Carroll, Lewis

Através do espelho e o que Alice viu por lá / Lewis Carroll ; tradução por Caetano W. Galindo ; ilustrações por Giovanna Cianelli. – Rio de Janeiro : Antofágica, 2023.

216 p. : il. ; 14 x 21 cm

Título original: Through the Looking-Glass, and What Alice Found There

ISBN: 978-65-80210-24-4

1. Literatura inglesa. I. Galindo, Caetano W. II. Cianelli, Giovanna. III. Título.

CDD: 823 CDU: 821.111

André Queiroz – CRB 4/2242

Todos os direitos desta edição reservados à

Antofágica
prefeitura@antofagica.com.br
instagram.com/antofagica
youtube.com/antofagica
Rio de Janeiro — RJ

1ª edição, 2023.

E PRA QUE É QUE SERVE UMA CONVERSA
SEM FIGURAS OU LIVROS?

*Brildava em setembro de 2023, e a equipe da Ipsis Gráfica
garfungalhava contente quando este livro composto em Century
e Roca One foi impresso em papel Pólen Soft 80g, em meio a
tolimúlvias pindas, lorrindas e pulhos.*